AF313090

BABIOLES

LITTERAIRES

ET

CRITIQUES,

EN PROSE ET EN VERS

Et parvis quoque rebus ineſt ſua ſæpe voluptas.

TOME III.

à HAMBOURG

CHEZ JEAN CHARLES BOHN.

1763.

ALI

OU

LE VOYAGEUR DE RETOUR

EN SA PATRIE.

———— Le Monde eſt fait pour les Tyrans.

Voltaire en ſon Mahomet,
Act. dern. Sc. dern.

Le Monde ne vaut pas l'honneur d'être connu.
   Encor faut-il le voir, ſans trop en être vû,
Pour apprendre à le fuir, ſans vivre en Miſantrope ;
Pour mépriſer Laïs, pour chérir Pénelope ; *
   Et pour ſortir enfin de ce Globe ruſé,
   Comme d'un Bal en masque, où l'on s'eſt amuſé.

   Je connois toutefois, & j'ai droit de le dire,
   Des Mortels, qui toujours devroient reſter chez eux.
Il eſt bon d'ignorer, en plus d'un vaſte Empire,
   Les Biens, dont on jouït ſous un Ciel plus heureux.

   Ali, grand Pelérin, au retour de la Mécque,
   S'apperçût qu'un Amant ne doit pas voyager.
Indignement trahi par une Belle grécque,
   Il maudit Mahomet, qui l'eût dû proteger. **

   Le Turc eut tort. Pareil outrage
   Ne doit jamais nous étonner.

A 2

Mais

* *Voyez Diog. Laert. in Ariſtippo.*
** Le Pelérinage à la Mécque eſt expreſſément commandé dans
l'Alcoran, ou pour mieux dire dans le *Coran.* Mahomet,
né à la Mécque, dans l'Arabie Petrée en 570. favoriſa ſa
Patrie, en établiſſant un Pelérinage ſi profitable.

Mais quel Jaloux eſt toujours ſage,
 Lors qu'il s'agit de pardonner?
Ali poignarda l'Infidelle,
 Et s'en repentit tout d'abord;
Il ne ſçût pas jouer cette Scene ſi belle,
 Zaïre! où ton Amant ſe donne auſſi la mort.

  Ali ſortit de ſa Patrie,
Et, dans ſon déſeſpoir, bût du Vin en Hongrie.
 Parlant bien le François, parlant l'Italien,
 Il parcourrût l'Europe, à la Foi près, Chrêtien.
Il adoptoit toujours, en Voyageur habile,
Les Mœurs des Nations, les Goûts de chaque Ville,
 Bon Citoyen par tout, étranger nulle part,
Il aimoit les Vertus, il ſupportoit les Vices;
Et, faiſant de ſes jours un tiſſu de delices,
 Les Belles le trompoient, ſans craindre ſon poignard.
Bourgeois de l'Univers, qu'il cherchoit à connoître,
Il boutonnoit ſon cœur, il en reſtoit le maître.
 Il cachoit ſon ennui, quand le Noble ennuyeux
 Sçavoit parler Blaſon, & compter des Ayeux.
S'il ſouffroit, quand deux Foux, dupes d'un faux Syſtême,
S'entre - tuoient en ſots, & ſe damnoient de même:
 Sous cape Ali rioit, lorsqu'en nos Tribunaux,
 Il voyoit des Dandins grûger des Chicaneaux. *

  Ali, toujours Ami de l'Homme,
Ne decidoit jamais entre Genéve & Rome. **
 Il laiſſoit, à l'Etre - Eternel,
 Juger les cauſes de l'Autel.

Il ne

* Les Turcs ont des Querelles & des Différents. Ils ne connoiſſent point nos Duels, ni nos longs Procés. En Turquie,
il n'y a point de Nobleſſe, c'eſt à dire point de Gentils-
hommes. Mais les Arabes ont une conſidération infinie
pour l'ancienne Nobleſſe de leurs Chevaux.
** Vers emprunté de la Henriade. Ch. II. v. 5.

Il ne béniſſoit pas les Têtes baptiſées,
Qui, par l'interêt ſeul à jamais diviſées,
   Font, ſur le vil eſpoir d'aggrandir leurs Etats,
   D'un Monde de Chrétiens, un Monde de Soldats,
Détruiſent des Tréſors, & dépeuplent la Terre,
Et ne jurent des Paix, que pour rentrer en Guerre ;
   Ce Mage de Byſance appelloit, non à tort,
   La Diſcorde des Grands l'Emule de la Mort.

Amoureux des Climats, où l'on fait bonne chére,
   Où l'Hymen pour rival n'a que le ſeul Amour,
Ali ne laiſſa point d'écouter la Chimére,
   Qui marque au Voyageur le tems de ſon retour ;
L'ardente Attraction, le Mal fievreux du Suiſſe,
Au Foyer paternel ramena mon Ulyſſe.
   Il revit ſa Moſquée ; il revit le Divan ;
   Il reprit ſes habits, * ſa barbe & ſon turban.
      Mais reprit-il ſes mœurs anciennes ?
L'Apôtre en ſon Serrail porta des mœurs chrétiennes.

      Quel Voyageur peut s'empêcher
De vouloir réformer ceux qui le virent naître !
      S'il obtient le droit de prêcher,
Il n'obtient pas le droit d'être chez lui ſon Maitre.

   Ali, bûvant du Vin, qui réjouit le cœur,
Oſa ſe déclarer pour la Monogamie.
      On s'écria : quelle infamie !
      Quel fanatique Séducteur !
   De ſon état l'Homme eſt indigne,
S'il rénonce à l'Amour pour le jus de la vigne ;

A 3

Le

---

* Ali n'avoit pas tort. Il n'eſt point d'habillement auſſi
lefte, auſſi commode, que celui des Turcs & des Perſans.
Le nôtre eſt ridicule, & pour le Soldat pernicieux. Le feu
C. de Saxe en avertit en ſes *Reveries*. En profitera-t-on ?
Non, *dit-il*, les hommes ſont trop attachés à leurs chéres
habitudes.

Le Prophête inspiré, cet Oracle divin.
En faveur du Beau - Séxe, a deffendu le Vin;
 A l'Allemagne, à la Pologne,
 Renvoyons un si chaste Yvrogne.

Ali, bûvant donc seul, ferma son Cabinet,
 Et connoiſſant l'eſprit des Femmes,
Fit ouvrir son Harem, * pour donner à ses Dames
 Le droit de voir le Monde, & d'avoir du caquet.

 Le Sexe, pour le coup docile,
N'eut garde de blâmer un procedé si beau.
 On loua beaucoup l'Evangile,
L'Eſprit de liberté, dit - on, en eſt le ſceau.
 On profita de la licence,
On en abuſa même, au point qu'on auroit pris
 Un Temple de la Continence,
 Pour quelque Maiſon de Paris.
La Jeuneſſe s'y plût.　Mais les Têtes caduques,
 Les Faux - Devots & les Eunuques,
 Firent damner l'Apôtre Ali.
Leur Parti triomphant ſoutint à ſa mouſtâche,
Que n'étant plus jaloux, il n'étoit plus qu'un Lâche,
 Rétourne, lui dit-on, en France, Sot poli!

 Sans son amour pour la Patrie,
 Le Réformateur mépriſé,
 Aimant la bonne Compagnie,
 Auroit pris ce parti ſenſé.
 O Ciel! diſoit - il en lui même,
 Chez quel Peuple ai - je vû le jour!
 Je dois quitter le Vin que j'aime,
Et tenir un Harem, lorſque je hais l'Amour!
Falloit

---

* Ce n'eſt point dans le Serrail, comme on croit communément, c'eſt dans le *Harem*, que les Turcs tiennent leurs Femmes renfermées.

Falloit-il vous connoitre, ô Chrêtiens fociables!
  Si j'ignorois encor comme on vit parmi vous,
Sçaurois-je que les Turcs font foux & miférables,
  Que vous êtes heureux, quand vous n'êtes pas foux?

      Ali, fi fage, étoit à plaindre,
  Les regrets & l'ennui ne le quittoient jamais.
  Pour avoir voyagé, non fans d'énormes fraix,
      Il fe faifoit haïr & craindre.
      Les Dervis le difoient Chrêtien,
      Ou Catholique ou Calvinifte,
        Gréc fchifmatique ou Luthérien;
      Et le bon Diable étoit Déifte.

      Il avoit encor le malheur,
  Au païs des Müets, d'être affez beau Parleur;
Il mordoit, en raillant, les Efprits taciturnes,
Et vantoit, bon François, tous les plaifirs nocturnes.
      Il défoloit l'Orgueil des Grands,
        Sur deux Articles d'importance,
      Qu'on ne fçavoit diner que chez les Allemands,
        Qu'on ne fçavoit foupper qu'en France.
      Il ofoit demontrer, qu'un fage Souverain
Doit à fes *bons Sujets* fournir de bons Spectacles,
        Et laiffer les Santons fans pain,
Quand ces vils Hiftrions ne font point de Miracles.

      Le Mouphti, rude Inquifiteur,
Fût bientôt informé, que le Réformateur
Songeoit à renverfer le Coran & l'Empire.
    Soudain on fe faifit du Prêcheur obftiné,
  Qui fe crût trop heureux d'être prédeftiné
A courrir, en héros, aux honneurs du Martyre.
    Devant le Grand-Vizir le Novateur conduit,
Accufé, convaincu, condamné par fentence,
  Voit le Cordeau fatal; il le voit & rougit;
Ali penfe en Anglois; il parle; on fait filence.

Vous qui n'avez pour Loix, *dit-il*, que des Erreurs,
Les Ordres d'un Déspote, ou vos propres Fureurs,
Sans doute vous croyez, en éteignant ma vie,
Et venger le Coran & venger la Patrie :
Je dois vous détromper, Licteurs de mon Deftin !
Vous n'affaffinerez qu'un Amant Affaffin.
Vous ne punirez point un Impie, un Rebelle,
Vous vengerez le fang d'une Femme infidelle,
Que j'ai fçû poignarder, dans ce tranfport jaloux,
Que nos funeftes Mœurs excufent parmi nous.
De remords dechiré, j'ai vû, pour me diftraire,
Pour me calmer le cœur, j'ai vû l'Europe entiére.
Voyageur de retour, oui, j'ai l'ambition
D'inftruire & de polir ma rude Nation ;
Oui, je voudrois pouvoir la guérir des Chiméres,
Et des Faux-Préjugés, herités de nos Péres ;
Je voudrois fervir l'Homme, &, fous le Ciel natal,
Sémer des Verités, en Laboureur moral.
Imitons les Chrêtiens. Les vrais Chrêtiens font rares ;
Mais chez eux on fçait vivre, & nos Mœurs font barbares.
Nous ne jouïffons point, Grand Dieu ! de tes bontés,
Peux tu te plaire à voir tes Enfans tourmentés ?
Non, me dit le Bon Sens, l'Auteur de la Nature,
Comblant de fes bienfaits fa chére Créature,
Nous devons recevoir les préfents de fa main.
Pourquoi fouffrir la foif ? pourquoi fouffrir la faim ?*
L'Amour de la Santé préfcrit la tempérance ;
Au Malade il enjoint le jeûne ou l'abftinence ;
Le Ciel, qui nous fournit tant de Mets délicats,
Et tant de Vins exquis, ne nous en févre pas.
Vous citez une Loi : fouffrez qu'on l'éxamine ;
Dès qu'elle eft inhumaine, elle n'eft point divine,

C'eft

---

* Le Ramafan, le Carême des Turcs, eft exceffivement rude.
Il ne leur eft pas permis de boire ou de manger, depuis le
lever du Soleil, jufqu'à fon couchant.

C'eſt l'Ouvrage d'un Fourbe ou bien d'un Conquérant;
Tout Dogme eſt trop ſuſpect, dès qu'il nous vient
d'un Grand.
Du Sacré ſéparons l'horrible Politique,
Et ſoyons ſourds aux cris d'un zéle fanatique.
Aux dons du Créateur, pour jamais, renoncer,
Ce n'eſt pas le ſervir, c'eſt plus tôt l'offenſer;
Dans le Culte divin ſe rendre miſérable,
De Dieu c'eſt ſe forger une image exécrable.
Parle moi, Grand Vizir! ton Dieu, notre Sultan,
Sans ſes Adulateurs, ſeroit-il mon Tyran?
A ſes yeux ſi je ſuis un dangereux Séctaire,
A toi c'eſt à parler, à prouver le contraire,
Quand tu vois que mes ſoins, mes efforts généreux
Ne tendent qu'à vous rendre, Ottomans! plus heureux.
Sécouons noblement tout joug irraiſonnable,
Et faiſons d'un Déſpote un Monarque eſtimable;
Rentrons en tous nos Droits, & que le fier Divan
Soit juſte & réſponſable au Peuple Muſulman.
Les Hommes devroient tous aimer les Républiques.
Les Chrétiens ont des Rois, & des Rois déſpotiques:
Mais ces Rois ont des Mœurs, les Sujets ont des Droits,
Et les Droits des Sujets ſont des Loix pour les Rois.
Aimes-tu le Sultan? aimes-tu la Patrie?
Que l'Europe t'enſeigne à regner ſur l'Aſie;
Va, chez le ſage Anglois, apprendre le Secret
De rendre heureux & grands le Prince & le Sujet.
J'ai dit. A vos erreurs immolez l'innocence,
Je meurs, en t'adorant, divine Providence!

O généreux Martyr! ſublime Muſulman! *
Quel fier Nazaréen brave ainſi ſon Tyran?
Nos ſaintes Libertés, auguſtes Héroïnes,
Sont toutes, ſans Tuteur, pupilles-orphelines;
Servile, abject, rampant, aujourd'huy le Chrétien,
Qu'eſt-il? homme de Cour; il n'eſt plus Citoyen.

A 5

Le

---

* Muſulman, c'eſt le nom que les Turcs donnent à tout
Turc, reſigné à la volonté divine.

Le Bonheur du Public est le Fantôme atroce,
Qu'idolâtra, dit-on, l'Antiquité féroce.
    En ce Siecle si noble, ennemi des Bourgeois,
    Les Maximes de Cour fixent *l'Esprit des Loix ;*
A nos yeux courtisans, le plus hideux des Etres,
C'est l'Homme deffenseur du Droit de ses Ancêtres !
    Honorons le Guerrier, qui, le fer à la main,
    Combat pour la Patrie, ou pour son Souverain :
Couronnons de Lauriers le *Maupeou,* mon Idôle,
Qui, parlant à Paris, semble être au Capitôle.

    Pour prix de sa Morale & de sa probité,
    Ali, le brave Ali, reçût la Liberté.
Le bon Vizir lui dit du ton d'un tendre Pére :
Vis pour toi, sage Ali ! la Verité m'est chére.
    Si pour changer nos Mœurs, tu viens braver la mort,
    Ton cœur fait son devoir, & ton esprit a tort.
Pourquoi rendre odieux l'Empire & le Prophête,
Quand, pour les réformer, tu n'as rien que ta tête ?
    Ce n'est que m'affliger ; ce n'est que m'avilir ;
    Censure des abus que je puisse abolir.
Grace à notre ignorance, au tems, à l'habitude,
Nous ne rougissons plus de notre servitude.
    Qui nâquit en des fers, portés par ses ayeux,
    N'en connoit point le poids, si terrible à tes yeux ;
Il se croit presque libre, & lorsqu'il sent sa chaine,
Il n'impute le mal qu'à la Nature humaine ;
    Ainsi que des Trésors, tant qu'ils sont ignorés,
    Sont des Trésors toujours, mais jamais désirés,
Tous les Biens de l'Europe, inconnus à l'Asie,
Ne sont pas des objets pour notre jalousie.
    Du bonheur des Chrêtiens tu me rendrois jaloux,
    Si j'ignorois qu'ils sont aussi chargés de jougs.
Souvent leurs Droits sacrés, leurs plus beaux Priviléges,
Pour eux sont des écueils, ou deviennent des piéges.
    L'Europe a ses Sultans, l'Europe a ses Vizirs,
    Qui font, au lieu des Loix, parler leurs *Bons Plaisirs ;*

Et

Et dès-lors le Chrétien, le joüet des Caprices,
Doit fentir, plus que nous, l'horreur des injuftices.
 Tu vantes les Anglois : Les Anglois font heureux ;
 Ce n'eft que fous leur Ciel, qu'on peut penfer
 comme eux.
Auroient-ils tant de Droits, tant de Loix falutaires,
S'ils n'euffent le bonheur d'être des Infulaires ?
 Quand, par un coup du Sort, nos fers feroient fondus,
 Ils fe réforgeroient du manque des Vertus.
Nos Vices dominants font les Tyrans horribles,
Qu'on devroit détrôner, & qu'on rend invincibles ;
 A la honte de l'Homme & de l'humanité,
 Peu de Peuples font faits pour vivre en liberté.
Habitant du Climat, où le Ciel me fit naître,
Je fuis maître de moi, quoiqu' efclave d'un Maître.
 Que j'ignore toujours la Fortune d'autrui,
 De crainte d'y trouver une fource d'ennui.
Je détourne les yeux d'un objet défirable,
Dont je ne puis joüir, fans me rendre coupable ;
 Et mes régards contents font fixés à jamais
 Sur les objets chéris, que je poffède en paix.
Ton dégoût, tes defirs, ton chagrin, tes fouffrances,
Sont les fruits, Voyageur ! de trop de connoiffances ;
 Je dois, pour te montrer que je te plainds, Ali !
 Des Biens, que tu n'as plus, te fouhaitter l'oubli.

SUR

SUR LES
EQUIVOQUES
FRANÇOISES.*

Les François se declarent ennemis mortels des Equivoques. Ils avertissent, que leur Langue est telle, qu'on n'y évite guere les doubles Sens, à moins qu'on ne soit perpétuellement sur ses gardes.

Ce sont cependant les Ecrivains nés françois, qui tombent le plus dans les Equivoques les plus plaisantes. C'est ce qu'il faut pardonner à la vivacité de la Nation. La Nation en revenche, devroit un peu plus d'indulgence pour *les Ecrivains qui resident dans les Païs étrangers.* L'illustre M. de *Voltaire,* qui a tant residé dans les païs étrangers, qui reside actuellement non loin de Genéve, dans une Maison d'Aristippe, & en des Jardins d'Epicure, M. de Voltaire est néantmoins peu disposé à faire grace aux Ecrivains hors de France. „Si la „Langue Françoise doit bientôt se corrompre, cette al- „teration (*selon* M. d. V.) ** viendra de deux sources, „l'une est le stile affecté des Auteurs qui vivent en „France, l'autre est *la negligence des Ecrivains, qui* „*resident dans les Pays étrangers. Les Papiers pu-* „*blics & les Journaux font infettés continuellement* „*d'expressions impropres,* auxquelles le Public s'ac- „coutume, à force de les relire.„

Il est

* En toutes les Langues, on trouve des expressions, des phrases & des Periodes susceptibles de plus d'un Sens. Les Rhétoriciens les rapportent à leur lieu commun de *l'Amphibologie, ἐξ ἀμφιβολίας.* Les Dialecticiens distinguent entre *l'Amphibologie,* qui est selon eux, l'ambiguité des phrases & des Discours, & l'*Homonymie,* qui se dit, lorsque l'Equivoque est dans un seul terme.

** V. ses Oeuvr. T. VI. p. 318. Edit. d'Amst. 1745. Conseils à un Journaliste.

Il est vrai, que ces Papiers & ces Journaux sont *quelquefois* infectés d'expressions assez impropres. La chose n'est point étonnante. Mais il est étonnant, que ces Ecrits ne sont que *rarement* infectés de Double-Sens, tandis que des Ecrits faits, révus, corrigés, approuvés & imprimés à *Paris*, sont *très-souvent* infectés d'Equivoques très-ridicules. Il y a long tems, qu'on s'en est apperçu en France. Pour s'en disculper finement, certains Auteurs de poids ont bien voulu déclarer, que le Double-Sens ne sera plus double, au moment que le second sens impliquera une contradiction; ou presentera ce que les Anglois appellent *Non-Sense*; ou contiendra une absurdité, une sottise, une obscenité palpable &c. &c.

Cette Déclaration est extrémement favorable & commode. *Despréaux* ne s'en seroit point accommodé. Il ne s'agira pas ici du Monstre, que Despréaux combattit, assez foiblement, en sa XII. Satire; il s'agira seulement de cette Equivoque innocente, fille de la negligence ou de la vivacité Francoise: Néantmoins il faut être du sentiment de *Richelet*. „On doit dans le Fran-„çois, *dit-il*, éviter avec soin les *Amphibologies:* tout „le monde les condamne: & on ne les peut souffrir que „dans les rimes de T. de L. & autres misérables gâ-„teurs de papier. “ *

Or je soutiens, que de tous les bons Ecrivains, *qui resident dans les païs étrangers*, le plus negligent n'a jamais fait imprimer une Amphibologie approchante d'une, qu'on rencontre dans les Oeuvres de l'illustre M. de *Voltaire*.

Dans le même Tome VI, où cet excellent Genie donne à tout Journaliste d'excellents Conseils, & de bonnes reprimandes aux Ecrivains hors de France, on trouve à la page 179.   REPONSE

---

* Dict. Art. Amphibologie. Le Lecteur curieux doit consulter les Remarq. sur la Lang. Franç. de Vaugelas avec les Notes de T. Corneille, Art. Equivoque, à la fin du second Tome. Les Remarq. & Doutes du P. Bouhours, &c. &c.

REPONSE
A UNE LETTRE

dont le Roi de Pruſſe honora l'Auteur, à ſon Avènement à la Couronne.

Lorſque les Grammairiens, qui reſidoient dans la Tyr des Bataves, lûrent le commencement de la page citée : ils fermerent le Livre. Ils courûrent chez ſon libraire *Etienne Ledet*, pour ſçavoir de lui, à quelle Couronne M. de Voltaire étoit *avenu* ou parvenu ? Etienne Ledet n'en ſçavoit rien. Les Poliſſons debitoient que la Couronne imperiale, vacante dans l'Empire des Lettres, étoit échue à M. d. V. par une Election unanime, celebrée par tous les Electeurs de ce vaſte Empire. Les Gens ſenſés rirent d'une faute ſi plaiſante, & la mirent ſur le compte du bon Ledet. Le bon Ledet prouva, je ne ſçai plus comment, ſon innocence. Dans *la Table des Piéces contenues dans le Tome VI.* on lût également : *Reponſe en vers à une Lettre, dont le Roi de Pruſſe honora l'Auteur à ſon Avenement à la Couronne - 179.*

En 1748. à Dresde, le Libraire *Walther* fit une nouvelle & belle Edition des Oeuvres de M. d. V. Conſultez le Tome III. & la Table des Matiéres : Vous trouverez les mêmes Equivoques fidélement conſervées.

Ce qu'il y a de plus ſurprennant, c'eſt que dans la derniére Edition, executée *ſous les yeux de l'Auteur*, à Geneve en 1757. chez les freres Cramer, on retrouve T. II. la même Reponſe à la Lettre, dont le Roi de Pruſſe honora l'Auteur, *à ſon avenement à la Couronne.*

Comme entre autres, on ſe propoſe ici, la ſatisfaction de conſoler les Ecrivains étrangers, qui tombent en des fautes groſſieres contre la Langue Françoiſe : on ne

on ne fçauroit paffer fous filence certaines Ambiguités,
qu'on obferve dans les Poëfies de M. d. V. D'ailleurs
il eft bon d'en avertir les futurs Editeurs de fes Ouvrages, afin qu'ils levent les Equivoques, apperçues par
des Etrangers mêmes. Ces derniers ne font point édifiés
de quatre Vers, à double entente, compofés fans contredit en France, & que voici fidélement copiés :

> Cependant je vous attendrai,
> Tranquile admirateur de votre Aftronomie,
> *Sur mon Meridien,* dans *les champs* de Cirey,
> N'obfervant déformais que *l'Aftre d'Emilie.*

L'*Aftre* d'Emilie, fur le *Meridien* de Voltaire, dans les
champs de Cirey, eft un Phénoméne obfcur & équivoque, difent les Aftronomes du Nord.

Dans les Vers fur la mort de la *Le Couvreur,* il fe
préfente un double Sens, *dit-on,* qu'il faudroit reformer, ou expliquer dans une Note :

> Exemple de l'Europe, ô Londre ! heureufe *Terre,*
> *Ainfi que vos Tyrans,* vous avez fû chaffer
> Les Préjugés honteux, qui nous livrent la guerre.

On ne fçait fi Londres, cette heureufe *Terre,* a fû chaffer les Préjugés, *à l'exemple* des Tyrans Anglois ; ou
fi Londres a fû chaffer ces Préjugés, *comme* elle a fû
chaffer fes Tyrans. *Fiat Lux!*

Des Calviniftes font chocqués, toutes les fois qu'ils
relifent les deux Vers fuivants :

> Sur les pas de *Calvin, ce Fou fombre & fevere,*
> Croit que Dieu, comme lui, n'agit qu'avec colere.

Alla prima vifta, on jureroit, *dit-on,* que Calvin y eft
traité de fou fombre & fevere. Cela n'eft point : cependant l'Auteur n'auroit pas dû mettre, fi près de *Calvin, ce Fou.* Que diroit M. d. V. *dit-on,* fi le Baron de
Thunder-

Thunder-ten-Tronckh, * dinant dans son Château de Tournay, lui disoit : *Je n'aime pas les Truites du Lac Leman,* mais j'aime beaucoup le *Porc, mon cher Hôte?* Dans *Alzire,* le bon *Alvarés* lache une incongruité bien plus forte. Le Vieillard dit :

> Je n'ai forcé personne,
> Et le vrai *Dieu, mon fils, est un Dieu* qui pardonne.
> *Act. I. Sc. I.*

Ce dernier vers ne blesse pas les yeux d'un Lecteur raisonnable. Mais ce vers, prononcé sur le Théatre, choque étrangement les oreilles delicates. Elles s'étonnent d'entendre dire à Alvarés : le *vrai Dieu, mon* Fils. Mon *Fils, est un Dieu qui pardonne.* Il est constant, que ce *Fils* se trouve de trop ; n'en disons pas davantage.

Avertissons encore, que pour rendre certains Vers plus frappants, M. d. V. hazarde volontiers une Equivoque, contre la construction grammaticale. Le grand Poëte est en droit de mépriser les petites regles, & de sacrifier par consequent celles qui concernent le *Relatif,* au *Beau* de la Poësie. Par exemple, le Chantre de Bourbon, en parlant des Courtisans *Français,* a dit que

> De l'ombre du repos ils volent aux *hazards ;*
> *Vils flatteurs à la Cour, Héros aux Champs de Mars.*

Rien de plus juste. Le Poëte auroit manqué, si par un réspect pueril pour l'usage en prose, il eût dit foiblement :

> *Vils flatteurs à la Cour, Héros aux Champs de Mars,*
> *De l'ombre du repos ils volent aux hazards.*

Il sçavoit bien, que personne ne s'aviseroit de prendre les *hazards* pour des flatteurs & pour des Héros. Mais je m'imagine, que le Poëte eut tort de dire, Ch. III. v. 145.
Joyeuse,

* Gentilhomme de Westphalie, où l'on mange beaucoup de Jambons. v. Candide ou l'Optimisme.

> *Joyeufe, avec ardeur, venoit fondre fur moi,*
> *Miniftre impétueux des foibleffes du Roi.*

Je protefte en homme d'honneur, que je ne fais pas
ces Remarques, pour m'ériger en Cenfeur de l'inimitable
M. de Voltaire. Je refpecte trop fon excellente plume.
Mais comme il eft déja un Auteur *claffique* en fa langue: il convient d'avertir, que même ce grand Ecrivain,
en vers ainfi qu'en profe, n'a pû fe garantir des Equivoques. J'ai dû citer les inadvertances d'un Héros litteraire, afin d'effrayer d'autant plus mes Lecteurs.

Dans cette vuë, j'obferve encore, qu'à Paris même,
des Auteurs célebres font fi negligents, qu'ils font imprimer des Equivoques impertinentes, jufques aux frontifpices de leurs Ouvrages. En veut-on une preuve
affez divertiffante, affez rifible? Qu'on examine le Titre fuivant:

NOUVEAU SYSTEME
DE L'UNIVERS,

Sous le Titre

de CHROA-GENESIE,

Ou Critique des pretendiïes Découvertes de

Newton,   dedié au ROI.

Par Mr. GAUTIER, Penfionnaire de SA Ma-
jefté, Auteur du nouvel Art d'imprimer les Ta-
bleaux à Paris 1750 & 1751. deux Tom.

Ce fier & redoutable Ouvrage * eft donc dedié
au Roi. A quel Roi? Belle demande: L'Ouvrage,
imprimé à Paris, naturellement eft dedié au Roi de
France:

---

* C'eft de quoi on avertit les Etrangers, afin qu'ils ne s'imagi-
nent point, qu'en ce Livre *Newton* a été *dedié au Roi* comme

le titre

France. A quel Roi de France ? Mauvaife queftion encore: Le Livre imprimé à Paris, en 1750. & 1751. eft dedié par confequent à Louis XV. Nous voilà éclaircis; refte une troifiéme queftion à debrouiller: M. Gautier fe dit Penfionnaire de *SA Majefté*, *Auteur du nouvel Art d'imprimer les Tableaux*: Seroit-il bien vrai, que le Monarque inventa cet Art? M. Gautier en affeure le Public, & même dans un beau Vers Alexandrin, Sa Majefté,

Auteur du nouvel Art d'imprimer des Tableaux!

Mais des Parifiens, accoutumés fans doute aux équivoques, me defabufent. „Apprennez, *me difent-ils*, que „M. *Gautier*, *intrépide Déftructeur* des Vifions New- „toniennes, eft lui même l'Auteur du nouvel Art. C'eft „en cette confideration, qu'il eft Penfionnaire de fa „Majefté. Ce grand homme, (c'eft à dire M. Gautier) „ne fongeant qu'à dégrader Newton & les Cometes, eft „tombé dans une équivoque, dont on peut deviner le „vrai fens; Lifez: *par Mr. Gautier*, *Auteur de l'art* „*d'imprimer des Tableaux*, & Penfionnaire de Sa Ma- „jefte: l'Equivoque fera levée."

Un Auteur, Anonyme cauftique, commit une incongruité pareille au frontifpice de fon mechant Livre, intitulé: Memoires du Chevalier de Ravanne, Page de S. A. le *Duc Regent & Moufquetaire*. 1740. 2. V. in 8. *

Mr. le Marquis *d'Argens*, qui d'ailleurs veille fi foigneufement fur fa bonne plume, eft pourtant tombé dans le même cas. Au lieu de dire, que *Sandoval*, *Evêque de Pampelune*, étoit Hiftoriographe de Philippe III, M. le Marq. dit plaifamment, que Sandoval étoit hiftoriographe de Philippe III, *Evêque de Pampelune*. **

Des

le titre l'infinue. Ceux qui n'entendent pas le Grée, font priés de croire, que Chroa-généfie, en bon François, fignifie *Génération des Couleurs*.

* Ces Memoires, réimprimés à Amft. en trois Vol. in 8. 1752. declarent encore S. A. R. le Duc, Regent Moufquetaire.

** V. la Philofophie du Bon Sens T. I. p. 54. M. l'Abbé le
Blanc

Des bevnës de cette nature échappent, dans le feu de la composition, à l'Auteur le plus vigilant même. Il eft feulement inconcevable, comment des Philofophes, bons Ecrivains, éxacts & fcrupuleux, ne laiffent point, *en France*, de donner dans la faute en queftion, jufqu'aux frontifpices de leurs Ouvrages. Il me femble que l'endroit fur lequel tout Auteur eft attentif, & qu'il ne perd jamais de vue, c'eft le Titre de fon Manufcrit. Un Philofophe François, Membre très-eftimable de l'Acad. Roy. de Berlin, s'eft pourtant negligé fur cet Article d'une façon, qui prouve merveilleufement ma Théfe. Il en faut avertir les Editeurs futurs de l'Ouvrage dont je parle. Je parle du

TRAITE´ DES ANIMAUX,

Où, après avoir fait des Obfervations critiques fur le Sentiment de Defcartes & fur celui de M. de Buffon, on entreprend d'expliquer
Leurs principales Facultés.
Par. Mr. l'Abbé de Condillac, &c. &c.
A Paris 1755. in 12.

Il faudroit être étrangement lourd, pour ne point comprendre, que Mr. l'Abbé de Condillac, (après des Obfervations critiques fur les fentiments de Defcartes & de Mr. de Buffon, *touchant les Animaux*,) promet d'expliquer les principales Facultés *des Animaux*.

C'eft cependant, ce que le titre du Livre ne nous annonce pas. Il promet, au contraire, des Obfervations critiques fur le Sentiment de *Defcartes* & de *Buffon*. Enfuite de quoi l'Entreprife d'expliquer *Leurs* princi-
B 2
pales

Blanc a erigé ainfi M. de Buffon en *Intendant de l'Academie Royale des Sciences.* V. Lettres d'un François T. I. Lettre III. p. 10. Lett. V. p. 20.

pales Facultés, c'eſt à dire en bon François, les principales facultés de Deſcartes & de Mr. de Buffon. Ce
Relatif *Leurs* ne ſçauroit ſe rapporter *aux Animaux*
trop éloignés de lui. Ainſi tout naturellement il ſe rapporte *aux Philoſophes critiqués*, ſes voiſins les plus proches.

J'ignore quel Poëte françois a regalé Cromwel,
de l'Epitaphe rapportée dans le Tome II. du fameux
Livre *de l'Eſprit* p. 100. Voici cette Epitaphe:

> Ci gît le Deſtructeur d'un *Pouvoir legitime*,
> Juſqu' à ſon dernier jour *favoriſé des Cieux*,
> 　　*Dont* les Vertus meritoient *mieux*
> 　　*Que le Scéptre*, acquis par un Crime.
> Sur quel Deſtin faut-il, par quelle étrange Loi,
> Qu'à tous ceux, qui ſont nés pour porter la Couronne,
> 　　Ce ſoit l'uſurpateur qui donne
> 　　L'Exemple des Vertus, que doit avoir un Roi!

En liſant avec attention les quatre premiers vers
de l'Epitaphe, naturellement je me demande: *quel Pouvoir legitime* juſqu'à ſon dernier jour, *fut favoriſé des
Cieux?* Je demande enſuite: *quelles Vertus des Cieux*
meritoient des Recompenſes? Je me demande enfin,
comment ces Vertus des Cieux meritoient *mieux que le
Sceptre acquis par un Crime?* Un Sceptre pareil que
peut-il meriter?

Je paſſe ſous ſilence les quatres derniers Vers, parce
qu'ils ne ſont point équivoques; au contraire ils diſent
clairement, que leur Auteur, à tort étonné, - - - - -
Supprimit Orator &c.

On ſçait comment l'Auteur de *l'Eſprit*, Mr. *Hel-
vetius*, a été tourmenté à l'occaſion de cet Ouvrage.
On ſçait comment l'Auteur a été plaint, diſculpé & ju-
ſtifié par des Ecrivains certainement très-reſpectables.
La Poſterité impartiale jugera donc du Livre *de l'Eſprit*.
En attendant il me ſera permis d'obſerver, que l'Auteur,

poſſedant

posſedant parfaitement la Langue françoiſe, n'a pas
laiſſé de s'expliquer quelquefois d'une façon aſſez
équivoque.

„Les Vertus meritoires, *dit - il* * *par exemple,* ne
„ſont jamais des Vertus *ſûres.* Il eſt impoſſible, dans
„la practique, de livrer, pour ainſi dire, tous les jours
„des Batailles à ſes Paſſions, ſans *en* perdre un grand
„nombre. "

Je devine aiſement, je l'avoüe, que l'Auteur a voulu dire „les Vertus meritoires ne ſont jamais ſi *ſûres,*
„qu'on puiſſe toujours s'y fier ſûrement: Mais je ne
devine pas d'abord le ſens de l'Auteur, à la fin de ſa
Periode. En livrant tous les jours des *Batailles* à ſes
Paſſions, perd - on un grand nombre de Paſſions, ou
perd-on un grand nombre de Batailles? Ce dernier Sens
eſt celui de l'auteur ſans doute. Cependant, ſelon la
régle, le Rélatif *en* ſe rapporte à *Paſſions.*

Dans le Tome III. p. 123. on trouve la Note ſuivante: „l'Ane, dit à ce ſujet Montaigne, eſt le plus ſe-
„rieux des Animaux. " La Ponctuation, à la verité, leve
l'Equivoque. Néantmoins on conviendra, que, plus
attentif, l'Auteur auroit mis: *Montaigne dit, à ce
ſujet, que l'Ane &c. &c.*

Que dirai - je du brave Abbé de *Vertot,* du grave
Hiſtorien, qui dans les *Revolutions de la République
Romaine,* nous aſſeure, que les Romains tiroient les
Vivres de leurs *derrières?* L' Abbé *Des Fontaines,*
ſelon moi, eut tort de fourrer cette mauvaiſe expreſſion
en ſon *Dictionnaire Néologique;* l'Expreſſion, échappée au bon Abbé de Vertot, n'étant point d'une nature
à ſe faire recevoir en France.

De tout cela il reſulte, je le repete, que les Ecrivains ** les plus ſoigneux, de tems en tems, ſont ſujets
B 3
à tomber

---

* De l'Eſprit T. II. Diſc. III. p. 187. Edit. de Paris 1758.
** Les Amateurs de la langue latine, liront, à ce ſujet, avec
plaiſir une Diſſertation, dont voici le titre: *Ioan. Freder.
Reitzius*

à tomber dans les Equivoques les plus odieuses ou les plus risibles.

J'aurois, certes, beau jeu, en cette Babiole, si j'avois le courage de fureter, (quoique simple Grammairien) dans les vastes Champs de la Théologie. Ils sont fertiles en Equivoques, en doubles sens, en Amphibologies. Pour éviter ici toute Equivoque, je declare que je ne parle que de *certains* Docteurs, Commentateurs, Prédicateurs, Casuistes &c. &c. &c. Je declare encore que je ne parle point de ces misérables Equivoques, que la Malice produit, pour couvrir des Erreurs ou de fausses Maximes, dans les Païs scientifiques. En Babioliste, je ne parle que d'Equivoques sans malice, que le Public excuse volontiers.

Anges tutelaires de l'Europe & de l'Amérique! veillez sur ces bonnes Plumes de Cabinet, qui travaillent ou travailleront un jour à ces grands ouvrages politiques, dont on formera en fin le Traité solemnel d'une Paix générale. Préservez cet Instrument, si salutaire, de toute expression louche ou obscure, amphibologique ou équivoque. Que tout y soit si clair & si net, si juste & si decisif, que la Critique, la Discorde & la Chicane désespérent d'y decouvrir jamais un seul mot ambigu, un terme susceptible d'une double entente, ou d'une interpretation arbitraire.

AMEN!

Reitzius *de Ambiguis mediis & contrariis: sive de Significatione Verborum & Phrasium ambigua. Ultraj. ad Rhen. 1736 in 8.*

S U R
LES TRADUCTIONS
R A R E S.

Les bonnes Traductions font rares. On connoit des Traductions bien plus rares encore. Ce font celles, qui, fuivant l'expreſſion de *Boileau*, joûtent avec leurs originaux: ce font celles, qui effacent leurs originaux, & les font oublier aux lecteurs, égalément forts en l'une & l'autre langue. Les Connoiſſeurs non prévénus conviendront de cette verité: ainſi cette Babiole ne les regarde preſque point. Il ne s'agira ici, que de l'injuſtice de ces Eſprits delicats, qui affectent de mépriſer toutes les Traductions, * parce qu'ils ſçavent ſe paſſer d'elles. Les Traducteurs ont aſſez le fort des Médecins. N'a-t-on pas béſoin d'eux? on s'en mocque. A-t-on béſoin d'eux? on les conſulte humblement, avec trop de confiance même.

Je confeſſe volontiers, que certains ouvrages font moralement *intraduiſibles*, parce qu'ils font marqués au coin d'un Goût national, ſoit par rapport à la Langue, ſoit par rapport aux Mœurs, aux Uſages, aux Ridicules particuliers à une Nation: on ne devroit ſeulement pas ſonger à les traduire. Cependant que ne traduit-on point? le Bon ſens déclare, par exemple, *Ra-*

B 4

belais

---

* *Mich. de Cervantes*, a dit le premier, qu'une Traduction n'eſt que le Revers d'une Tapiſſerie. *Jacq. Howel*, Ecuyer, en ſes *Familiar Lettres Domeſtic and Forren*, à Londres 1688. ſix. Edit. dit en anglois, que les Verſions font comme les revers d'un Tapis de Turquie, qui eſt plein de nœuds & de fils, & jamais ſi égal que le coté droit. Qu'une Verſion eſt comme du Vin, que l'on tire de deſſus la lie, pour le mettre en d'autres vaiſſeaux; il perd toujours de ſa force en s'évaporant. Vol. III. Let. 21. Le P. *Bouhours* a fait uſage de ces Penſées.

belais abfolument intraduifible. Les Anglois néantmoins ont un *Rabelais* anglois. Le Bon fens declare
intraduifible le *Hudibras* de *Butler*. Neantmoins
en Suiffe on a vû naitre & peut être déjà mourir un
Hudibras Tudefque. Hudibras a été traduit en vers
françois, avec des Remarques & des Figures, avec l'o-
riginal Anglois à coté, à Londres, en 1757. Le trait
eft fi hardi, qu'il faut admirer le Courage du Traducteur & de fon Libraire. Peutêtre aurons nous un jour
un Hudibras Latin. Citons en une penfée grotefque, *
affez bien renduë.

On fe garde bien d'examiner curieufement ici, les
fuccès de ces Traductions étonnantes. Volontiers, on
les abandonne à la mauvaife humeur, à l'indignation de
ceux, qui n'admettent que des Originaux. Que ces fins
connoiffeurs imitent, à la bonne heure, les Amateurs
outrés de la Peinture; qu'ils tournent le dos aux meilleures Copies, uniquement par ce qu'elles ne font réellement que des Copies. Il ne faut pas difputer de gout,
dit Mr. l'Abbé *Trublet,* avec les Gens, qui n'ont point
de goût. Je me borne donc à citer fimplement un petit nombre de Traductions, en priant le Lecteur de juger, fi elles ne valent point, fi elles ne furpaffent pas
même leurs Originaux; c'eft le fujet de cette Babiole,
un peu férieufe.

Mais pour bien juger, il faut fe depouiller entiérement de la première impreffion, faite fur nous par
l'Original; chofe fouvent affez difficile. Ce n'eft pas
tout: il faut, (également fort dans les deux Langues)
être fans prédilection pour l'une ou pour l'autre.

Le Savant, qui fe trouvera en cet Equilibre, fi équitable & fi rare, eft donc prié de faire une ou deux ex-
periences.

---

* *Sic hypochondriacis inclufa meatibus Aura*
   Definet in crepitum, fi fertur prona per alvum;
   Sed fi fumma petat, montifque invaferit arcem,
   Divinus furor eft, & confcia flamma futuri.

periences. On l'invite à lire en gréc la Poëtique d'*A-riftote*. * C'eft fans contredit le meilleur Traité que nous ayons fur cet Art. Tout ce que les Anciens & les Modernes de depuis ont écrit, fur le même fujet, **a** été tiré de cette Poëtique. Ceux qui fur elle ont voulu rencherir, & dire quelque chofe de nouveau, *fur la nature de la Poëfie*, font ordinairement tombés, ou en des redites, ou en des erreurs manifeftes. Cependant je defierois *Caritides* même, (de ne pas convenir, qu'Ariftote, obfcur en tous fes Ouvrages, eft principalement obfcur en fon Art poëtique. La Matiére n'eft ni abftraite, ni abftrufe. Mais le Philofophe, en ce Traité, eft fi fuccint & fi avare de paroles, que pour le comprendre, il faut l'étudier fans ceffe.

C'eft, fi je ne me trompe, un deffaut confiderable en tout Art poëtique. Ce Deffaut difparoit dans la Traduction françoife. Par la netteté de fa verfion & au moyen de bonnes & claires Notes, le docte *Dacier* a mis l'Art Poëtique d'Ariftote, à la portée de tous ceux qui entendent le François & la Matiére.

En fon Temple du Goût, Mr. de *Voltaire* s'eft diverti, aux depens du bon Dacier. Mais le Public n'ignore pas, que fans les Traducteurs, Mr. de Voltaire ne connoîtroit guere la Poëtique d'Ariftote. On convient que Dacier, toujours idolâtre des Auteurs qu'il traduifoit, n'auroit pas dû adopter aveuglément tous les fentiments d'Ariftote; & qu'en certains endroits, il lui prette fes propres opinions, par inadvertance. **

B 5

Cette

* Il paroit qu'on n'eut point, avant Ariftote, communément une Idée bien jufte de la Poëfie, qu'on aviliffoit, par des abus fcandaleux, en plein Théatre. Ariftote écrivit donc ce Traité, pour montrer que la Poëfie étoit un Art, qui fe propofe un bût certain, celui d'être utile à l'Homme. Ariftote fait là-deffus l'Eloge de la Tragédie, qu'il femble préferer au Poëme Epique, moins utile, étant fi rare.

** Et dans fes remarques fur le Chap. VI. p. 82. Dacier, qui fçavoit tant, & ne fçavoit pas tout, s'eft mépris, comme tant d'autres interprétes. Faute de connoitre le Théatre d'Athénes,

Cette faute pardonnable n'empechera point le Juge impartial, de fentir & de declarer, que la Traduction françoife, fi nette & fi claire, par fon utilité, furpaffe l'Original, trop fuccint & trés-obfcur, pour les plus grands Grecs de l'Europe.

Les *Triffotins* & les *Vadius* ne tomberont jamais d'accord d'une verité fi fcandaleufe. Ils foutiendront que je blafphême, en preferant le moderne Dacier * à l'ancien Ariftote. On les fupplie de fauter le Paffage fui vant, pour eux bien plus prophane encore.

En 1753. un Critique d'Allemagne, ** homme de fçavoir & de jugement, de goût & de lecture, publia, en fa langue, une Traduction de l'Art Poëtique d'Ariftote, avec des Remarques, fuivies de petites Differtations critiques. Cet Ouvrage, qui ne fait qu'un Volume in 8. affez mince, eft un Chef d'oeuvre fans contredit. J'ignore abfolument, ce que les Savants & les Journaliftes en ont pû dire. Je protefte de n'avoir point l'avantage de connoitre la perfonne du Savant hannovrien. Ainfi, c'eft fans la moindre prévention, que je juge de fon travail. Je dis donc que je le trouve bien préférable à celui de Dacier. En fa Préface, l'Auteur allemand fait gloire d'avoir profité du Traducteur & Commentateur françois. A mon tour, je fais gloire de profiter du Traducteur & Commentateur allemand. Mes bornes ne me permettent pas de placer ici fon Eloge raifonné &. fondé fur de bonnes preuves.

Néant-

d'Athénes, on prend la Melopée & la Saltation des Grécs, pour notre Mufique, & pour nos Danfes d'Opera. V. Reflex. Crit. fur la Poëf. & fur la Peint. de *du Bos*, T. III. p. 43 &c. Edit. d'Utrecht.

* Certainement on n'eft point préoccupé, en faveur du bon Dacier. V. la premiere Babiole *l'Horace vengé.* T. I. p. I. &c.

** Mr. *Michel Conrade Curtius à Hannovre*, où l'Ouvrage en queftion a été imprimé chez Richter, in 8. 1753.

Néantmoins j'ai le front d'affeurer, que les Remarques de Mr. *Curtius* meritent d'être traduites en François, en Anglois, & en Italien encore. C'eſt par conſequent une feconde Traduction, qui ſurpaſſe ſon Original. Les Amateurs d'Ariſtote liront avec plaiſir l'Explication & Correction d'un paſſage de ſa Poëtique, qui ſe trouve dans l'Hiſt. de l'Acad. des Inſcript. & B. L. Tome IV. p. 289. Edit. d'Amſt. 1736.

Après ce coup d'eſſai, j'oſe inviter le Savant à lire feulement le premier Livre du Droit de la Nature & des Gens, Ouvrage du celebre *Puffendorff*, & de lire, tout de ſuite, le même premier Livre, traduit en François par le ſavant *Barbeyrac*.

A moins qu'on ne ſoit un partiſan juré de la Langue Latine, & l'ennemi juré de la Langue françoiſe, on doit s'appercevoir d'abord, que le fidelle interprête eſt cent braſſes au deſſus de ſon illuſtre Original. Mr. de *Voltaire* prétend, que l'ouvrage de *H. Grotius*, touchant le Droit de la Guerre & de la Paix, & celui de Puffendorff ſont également infructueux & inutiles, puiſque les Grands du Monde & leurs Miniſtres ne ſe réglent guere ſur les Preceptes de ces Legislateurs.

Tout cela n'eſt peut être que trop vrai. Néantmoins l'Europe doit être ravie, de ce que tous ſes Souverains, & leurs Miniſtres & leurs Généraux, leurs Favoris & leurs Favorites, ſont aujourd'huy du moins en état de lire Grotius & Puffendorff, & d'apprendre les Droits de la Guerre & de la Paix, les Droits de la Nature & des Gens. L'Europe a cette obligation à un Profeſſeur de Groningue.

L'Europe doit à Mr. le *Coſte*, l'avantage heureux de connoitre *l'Entendement humain*, autant que l'homme puiſſe le connoitre. On ſçait que ſous les yeux de l'illuſtre *Locke* même, le Coſte traduiſit en François ce Chef d'oeuvre metaphyſique, avec tant de ſuccès, que bien des Anglois préferent la Traduction à l'Original. L'année ſuivante, un Anglois nommé *Burrigd*

rigd, en publia une traduction latine in folio. Quoiqu'elle foit inferieure à la françoife, elle ne laiſſe point d'avoir un merite infini, pour ceux qui ne font pas accoutumés à étudier la Metaphyfique en langues vivantes. En faveur de ces derniers, on vit encore paroitre une feconde traduction latine. J'ignore fi elle vaut celle de l'habile *Burrigd :* je fçai feulement, que le celebre *Jean le Clerc,* qui poſſedoit fi bien les Langues, qui avoit une eſtime infinie pour Locke, fon ami de cœur, étudioit volontiers l'Entendement humain, dans la traduction françoife de le Coſte. Je fçai de plus, comme témoin oculaire & auriculaire, que le brave le Clerc, Juge competant, exhortoit de jeunes Anglois à confulter *le Coſte,* dès qu'ils feroient en état de le bien comprendre.

Les Allemands poſſédent aujourd'huy une Traduction de cet Entendement, faite par Mr. le Profeſſeur *Poley,* * fur la belle Edition des Oeuvres de Locke en trois Vol. in follo 1727. A force de travailler lentement M. Poley eſt parvenu à fournir une Traduction fuperieure à la latine & à la françoife même, en quoi le Genie de la langue allemande lui a été extrêmement favorable. Ce n'eſt pas tout : le Traducteur Philofophe s'eſt fait un devoir, de fournir à fa Nation, un Entendement humain, exent des reproches, qu'on fait à l'original anglois. Je n'entre point en cette matiére, étrangére à mon fujet. Je me contente d'indiquer la belle et la rare Traduction. Voilà donc un Philofophe ancien & un Philofophe moderne, Ariſtote & Locke, furpaſſés par des Traducteurs françois & allemands.

Citons maintenant un grand Ouvrage allemand, dans un autre genre & d'une autre efpéce. Citons la Theologie de l'Eau, ouvrage précieux de feu M. *Jean Albert Fabricius* Dr. en Theol. & Prof. à Hambourg.

Ce

---

* Henri Engelhard Poley. Prof. de Philof. & de Mathem. à Weiſſenfels. Cette Traduction eſt imprimée in gr. 4. à Altenbourg 1757.

Ce Livre fait à fon favant auteur un honneur infini ;
on ne fçauroit lui donner affez de louanges. Mais l'im-
menfe Érudition, à outrance prodiguée, y rend la Théologie de l'Eau toute trouble, & à tel point, que fouvent on la perd entiérement de vuë. Un Philofophe
en Hollande prit donc l'heureux parti de la traduire en
François, * & de détourner finement d'elle, ce Torrent
de favantes & curieufes Recherches. Les Allemands les
plus prévenus, & les amis les plus intimes de feu M.
Fabricius, s'ils font gens de goût, avoueront fans peine,
que cette Verfion, fimple & modefte, furpaffe fon Original, d'ailleurs toujours très-eftimable.

La chofe eft plus difficile, dans les Ouvrages, qui
ne font abfolument que des ouvrages d'efprit. Ceux
qui traduifent en vers des Poëtes, anciens ou modernes,
en donnent de bonnes et frequentes preuves. Cependant quelques fois ils réuffiffent.

Jean de la Fontaine trouva les Fables grécques &
latines, fi fimples, fi naturelles, fi belles, fi édifiantes,
qu'il conçût le projet hardi de les traduire en vers françois. Il en parla à fes amis. Tous tacherent de le
détourner d'un travail ingrat, qui ne tourneroit jamais
à fon honneur & gloire. Sur tout *Patru*, reconnu
pour le *Quintilien* de la France, declara (en cette qualité fans doute) que la Langue françoife n'étoit pas propre pour l'Apologue ; que la Fontaine n'attrapperoit
jamais ces tours fimples & heureux, qu'on admire dans
les vers de Phédre &c. Jean de la Fontaine n'en crût
rien. Il traduifit quelques Fables ; & fes coups d'effai
furent reconnus pour des coups de maitre. On lui dit
alors, qu'il étoit né avec tous les talents, requis pour
bien traduire. En effect le bon *Jean* n'étoit rien
moins qu'un Efprit Créateur. Traduifoit - il ? il con-
vertiffoit

* Sous le titre de Théologie de l'Eau, ou Effai fur la Bonté,
la Sageffe & la Puiffance de Dieu, manifeftées dans la Crea-
tion de l'Eau, à la Haye, gr. 8. 1741.

vertiſſoit ſouvent le cuivre en or, & les Cailloux du Rhin ſouvent en Pierres précieuſes. * Enfin il faut convenir, que certaines *Fables*, & tous les *Contes* de la Fontaine, ſont des Traductions, qui preſque toujours effacent leurs Originaux.

Notez, Lecteur! notez, que je dis toujours preſque.

Quand j'oſe en dire d'avantage des *Fables* & des *Contes*, en vers allemands, traductions de feu Mr. de *Hagedorn:* repondra-t-on, que mon Eſprit eſt la dupe de mon Cœur? Je me perſuade, que les Allemands, qui connoiſſent leur langue, ne me feront ni cet honneur ni ce chagrin ſenſible. Ils trouveront dans les Oeuvres de l'illuſtre Hagedorn, ** de quoi ſe convaincre de la verité, qu'on ſoutient en cette Babiole.

Maintenant je hazarderai un Paradoxe, qu'on trouvera digne d'un vrai Babioliſte. Le Telémaque de M. de *Fenelon*, ſelon les uns, eſt un Poëme Epique en proſe. Selon d'autres, ce n'eſt qu'un Roman Heroïque. Quoiqu'il en ſoit, Télémaque a l'approbation génerale de toutes les Nations civiliſées. Je ne le relis point, ſans un plaiſir nouveau. Veux-je me *delecter* en cette Lecture? je relis le Telémaque Italien. Il ſurpaſſe le François. La Langue italienne comporte, bien mieux que la françoiſe, les Poëmes épiques en proſe, & les Romans heroïques ou ſublimes. Dans le Télémaque françois, je m'apperçois toujours, que ſon Auteur eſt Poëte, & même excellent Poëte. J'y trouve pourtant quelque choſe à deſirer; *** & je découvre enfin,

que

---

* Il eſt pourtant vrai, que la Fontaine auroit dû ſe diſpenſer de farcir ſes Fables de *certains Enjolivements* puërils, qu'il ne trouva point en Phédre. C'eſt bien dommage, que par une ſuperſtition Litteraire, on ne retranche point ces ſuperfétations nullement naïves, ſouvent très-ennuyeuſes.

** Dans le Tome ſecond de ſes Oeuvres poëtiques. belle Edition, en III. T. avec un bon Portrait de l'Auteur Hambourg, grand 8. 1757.

*** Les Allemands & les Anglois ſe trouvent communément

dans

que je ferois entiérement fatisfait, fi le Poëte eût été
encore Verfificateur habile. Rien ne me manque dans
le Telémaque italien. Le Fils d'Ulyffe y parle, felon
moi, auffi bien que fon Mentor, que Calypfo & toutes
fes Nymphes, & tout le Monde, un langage fi harmo-
nieux, que mon efprit n'en demande pas d'avantage.
Les feules terminaifons des Noms propres contribuent
mêmes à ce préftige; & comme fans contredit, la langue italienne eft plus majeftueufe que la françoife; il
n'eft pas étonnant, que la premiére l'emporte, dans un
ouvrage de cette nature. Ajoutons, que rien n'approche de l'*Euphonie* de l'Italien.

Par la raifon du contraire, j'ai toujours préferé le
Newtonianifme pour les Dames, traduit en François,
par M. du *Perron de Caftera*, au *Newtonianifme* original de M. *Algarotti*. J'ai vû, que des Savants. à
Venife & à Verone, fans trop s'expliquer là deffus. é-
toient fort de mon opinion. A Vienne, j'en fis confiden-
ce au celebre Abbé *Metaftafio*. Il m'affeura que
j'avois raifon. ,,Notre langue, *me dit-il*, n'eft guere
,,propre à ce badinage philofophique dont Fontenelle eft
,,l'inventeur. Algarotti eut tort de vouloir le faire
,,gouter à fa Patrie.'' En effet, le Stile didacti-comique
ne fera jamais fortune qu'en France. Encore fera-t-on
bien de ne l'employer qu'en vers, pour le Beau-Sexe.

Le Temple de Gnide, élevé par l'illuftre Mr. de
Montefquieu, eft certainement un bel Edifice: Il eft
fuperbe

dans le même cas. Un Poëte allemand, nommé *Benjamin
Neukirch*, mit donc le Telemaque en vers héroïques. Il ne
debuta pas mal: mais dans le fein de la mifére, il perdit
bientôt toutes fes forces; & fon Poëme in folio devint à la
fin infupportable. Un Anglois, nommé *Gibbons Bagnal*,
entreprit la même chofe en fa langue. Il en publia un Effai
1756. mais il n'eut pas l'honneur d'être bien accueilli à Londres. M. Sybrand Faitema a mis le Telemaque en vers hol-
landois avec un fuccès extraordinaire. A Berlin en 1743, on
imprima en Vers latins *Telemachi fata* &c.

ſuperbe en Italien.   J'ignore ſi déjà il eſt imprimé; il devroit l'être. *

L'Hiſtoire du Concile de Trente, par *Frà Paolo Sarpi*, eſt un Préſent précieux, fait au Public, grace à la Republique de Veniſe.   *Amelot de la Houſſaye* ne manqua point de procurer à ſa nation une aſſez bonne traduction de ce Bijou hiſtorique.   Le Pére *Courayer*, Chanoine regulier de Ste. Genéviève de Paris, & Docteur en Théologie, de l'univerſité d'Oxford, publia néantmoins à Londres une nouvelle traduction de la même hiſtoire.   Ce Religieux s'acquitta ſi bien de ſa tâche, que, ceux qui entendent le metier, ne liront plus ni *Fra-Paolo Sarpi*, ni *Amelot de la Houſſaye;* ils liront le P. *Courayer*.

Les Remarques ſolides, dont un fin traducteur ſçait toujours étoffer ſa copie, font aiſément oublier l'Original bien copié, à moins qu'on ne doive le conſulter, pour en rapporter les propres paroles.

On accuſe les Anglois, de n'eſtimer pas aſſez le merite des autres Nations.   Il eſt pourtant connu, que les Anglois traduiſent, ou font traduire, preſque tous les Ouvrages dignes & ſuſceptibles de cet honneur. ** C'eſt une preuve, il me ſemble, ſans réplique, de la juſtice qu'ils rendent aux Livres étrangers. Il eſt vrai, qu'ordinairement,

---

* Chacun connoit les Lettres d'une Peruvienne de feu Madame de *Graſigny*. Elles viennent d'être traduites en Italien à Paris par M. *Deodati*.   Voilà encore une Copie, qui efface ſon Original.

** Le Marquis d'Hallifax trouva la Traduction angloiſe des Eſſais de Montaigne fort ſuperieure à l'Original.   C'eſt de quoi il aſſeura le Traducteur M. *Cotton*, dans une Lettre que M. Cotton fit imprimer, devant ſa traduction. Mais cette Lettre ne prouve rien, ſi non le fait, que le M. d'Hallifax comprenoit mieux l'Anglois de Cotton, que le François de Montaigne.   Les Anglois ont trois traductions differentes des Horaces de P. Corneille.   On a traduit, en vers non rimés, la Henriade.   D'autres traductions n'attendent que la paix pour paroitre. En attendant on a traduit les Oeuvres Satiriques de *Rabener*.

dinairement, ils prennent, en ennemis de l'efclavage, la liberté de traduire *à la cavaliére*, ou *paraphraftically*, par voye de paraphrafe. Ils accommodent leurs verfions au Goût regnant en leurs Isles; & c'eft fur quoi on pourroit aifément les excufer. Toutefois il eft des Traducteurs anglois, qui, fidéles interprétes, fe piquent, pour ainfi dire, de travailler avec la Probité d'un habile Notaire. On n'en alleguera qu'un feul exemple, mais encore recent, et appuyé de fi bons témoignages, qu'on fe croit difpenfé d'en donner d'autres preuves.

C'eft Mr. *Maclaine*, Pafteur de l'Eglife Angloife à la Haye, que j'ai préférablement à citer. Ce digne Ecclefiaftique Philofophe, que je voudrois pouvoir dignement louer, devroit fervir de modéle à tous les Traducteurs de l'Europe. Rapportons les propres expreffions d'un Journalifte impartial & bon juge. *

„Il arrive bien rarement, qu'un grand Peintre en „imite un autre, avec tant d'art, que l'Original & la „Copie meritent *également* l'admiration des Connoif-„feurs. C'eft néantmoins le Spectacle qu'offre à nos „yeux la traduction angloife des *Dialogues Socrati-„ques*, dont M. *Vernet*, Profeffeur à Genêve, eft l'au-„teur. En paffant fous le pinceau de Mr. Maclaine, ils „n'ont rien perdu de leurs graces; déformais on pourra „les lire dans l'une & dans l'autre Langue, avec le „même fruit & le même plaifir."

Il s'en faut bien, qu'à ce court préambule, le Journalifte borne l'Eloge de Mr. Maclaine. L'Article entier merite d'être lû, dans la Bibliothéque impartiale; & les Journaux litteraires, imprimés à Londres & ailleurs, font tous montés fur le même ton. J'ai tiré l'Horofcope des Difcours Socratiques. Je prédis, en conféquence, que toutes les Nations eftimeront *également*
& l'O-

---

* Voyez la Biblioth. impart. Janv. & Fevr. 1754. ou T. IX. prem. part. Art. VI. p. 92.

& l'Original & la Copie ; que les Anglois feront pour
l'Original : & que les François, qui fçavent l'Anglois,
donneront la préférence à la Copie.

Expliquons ce Phénoméne ; il paroit d'abord étrange, & il n'eft que tout naturel. Un Ouvrage excellent,
écrit en notre langue maternelle, nous charme & nous
ravit. Il fait honneur à notre Patrie ; &, fouvent fans le
fentir même, nous nous intéreffons en fa fortune. Traduit - on heureufement cet ouvrage en quelque langue, à
nous familiére ? Notre fatisfaction fe renouvelle ; nous
prennons part à la fortune du livre ; nous voulons du
bien à fon brave Traducteur ; il étend la gloire de notre Nation ; nous lui avons des obligations, felon nous,
réelles, & nous nous attachons à lui, au point d'oublier
entiérement l'Auteur, notre compatriote, qui ne nous a
fait que le premier plaifir. Ajoutons, que l'Amour propre,
fouvent accompagné d'une vanité fecrette, nous detache
peu à peu de la Langue maternelle, apprife fans peine
dans l'enfance. Les Langues, peniblement apprifes,
s'emparent alors de notre prédilection. La chofe eft
fi vraye, qu'en tous les païs chrétiens, on trouve des Savants, ignorants en leur propre langues, & très - verfés
en des langues mortes ou étrangéres.

Tel eft l'efprit & tel le cœur humain :
On fe flatte d'avoir prouvé, que nous poffedons des Traductions, que j'appelle *rares.*

SUR

L'AMOUR

PLATONIQUE.

Si quis in hoc artem populo non novit amandi,
Me legat, &, lecto carmine, doctus amet.

Ovid. de Arte amandi.

L'illuftre Hiftorien de la Reine de ce Monde, * avec
fon érudition ordinaire, nous apprend les fentiments & les opinions des Anciens & des Modernes, fur
le chapitre de l'Amour. Toutefois, comme les plus
grands Ecrivains font quelquefois fujets à faire des
fautes d'omiffion; il fe trouve que cet habile Hiftorien
n'a point traité de l'Amour Platonique. Le fujet meritoit pourtant d'être traité tout au long, par un Marquis françois & philofophe! Voici comment il efleura
la matiére. „Platon, *dit-il,* ** a diftingué deux Venus,
„l'une appellée célefte ou Uranie, qui eft la plus an-
„cienne, fille du Ciel, & qui de même que Minerve n'a
„point eu de mere; cette Venus méprife la volupté, &
„ne s'attache qu'à la Vertu; l'autre vulgaire, nommée
„Aphrodite, eft fille de Jupiter & de Dione, ou felon
„d'autres, elle eft née de l'écume des flots de la mer, &
„elle exerce fon empire fur les fens. Cette Philofophie
„payenne couvre de confufion ceux qui debitent d'in-
„décentes railleries fur un amour pur, qui s'éléve au

C 2

„deffus

---

* M. Gilbert Charles le Gendre, Marquis de S. Aubin fur
  Loire, Auteur du Traité fur l'Opinion, dont on a déjà qua-
  tre editions; la derniére s'eft faite à Paris 1758. en
  IX Vol. in 8.

** T. III. p. 207. quatr. Edit.

„deſſus des ſens, & qui eſt capable d'inſpirer la vertu,
„en même tems, qu'il produit les plaiſirs les plus doux
„& les plus durables. "

L'Auteur parle enſuite de notre Amour romaneſque
& mêlé de Chevalerie, inconnu à l'Antiquité. Ainſi
l'Auteur à réellement dit quelque choſe à l'honneur de
la Paſſion, dont il s'agit ici; il en a même fait l'éloge
en paſſant. Mais pourquoi ne lui point donner le nom
qui la caractériſe? Dumoins devroit-on trouver l'A-
mour *Platonique* dans la Table des Matiéres. M. le
Marquis cite bravement *Des Cartes*, *Paſcal*, *Senault*
& d'autres modernes, à propos de la Venus Aphrodite.
A propos de la Venus Uranie, il ne cite perſonne, lui
qui cite à tout propos.

Sans doute ce ſage Ecrivain eut ſes bonnes raiſons,
de ne point s'étendre, *à Paris*, ſur un Amour metaphyſique, auquel on diſpute l'honneur d'une exi-
ſtence réelle.

Il eſt ſingulier & triſte de voir, que des Philoſophes
ſe piquent de connoitre parfaitement le cœur humain,
& le declarent incapable de nourrir un amour platonique! Pourroit-on faire, au Genre humain, un affront
plus inſultant, plus injurieux, plus déshonorable? Comme je n'ai point autant de lecture, que je devrois avoir,
j'ignore ſi quelque Femme de bien, * Auteur de quelque
Ecrit, eut jamais le front de declarer ſon cœur inacceſ-
ſible à l'Amour en queſtion. Les Biographes & le Fa-
bricateur des Lettres de *Ninon de l'Enclos*, ſoutiennent
que leur Héroïne ne connoiſſoit que l'Amour phyſique.
C'étoit leur jeu naturel, & le plus ſûr pour eux. Cependant s'ils euſſent voulu, il n'auroit tenu qu'à eux,
de faire regner également, dans le cœur de *Ninon*, &
la Venus Aphrodite & la Venus Uranie. Selon les propres

* En revenche je ſçai, que l'Amour platonique eut d'illuſtres
Protectrices, entre autres la célébre Marq. *de Lambert*. A
tout Etre qui ſçait lire, je recommande les Oeuvres de cette
Dame, recueillies à Lauſanne en 8. 1747.

pres aveus de ces Ecrivains caustiques, Ninon aimoit
éperdûment ses amis solides. Incapable de les trahir
ou de les abandonner, elle trahissoit & abandonnoit ses
Galants. En sa quatre-vingtiéme année, elle devint
infidelle au savant Abbé *Gedoyn*, Traducteur de *Quin-*
tilien & de Pausanias; tandis qu'elle restoit constam-
ment fidelle aux chers objets de son amour metaphysique.

L'ingenieux & fameux Auteur du Livre intitulé: *de*
l'Esprit (M. Helvetius) dit que *l'Amour est la fie-*
vre de la Vertu. On passe à l'Auteur cette expression,
comme on passa, il y a plus d'un demi-siecle, à un
Poëte allemand, * un Vers dans lequel il déclare, que
l'Amour est la Phtisie du Bon-Sens. Le Poëte allemand étoit en droit de lâcher ce Vers, dans la piéce où
il se trouve. Mais peut-on, ou plus tôt doit-on, pardonner à un Philosophe françois, d'avoir soutenu en
son Ouvrage, ** que *l'Amour (platonique) ne peut*
jamais être qu'un desir déguisé de la jouissance? Ce
n'est point sur quoi cet Ecrivain a été si mal traité à
Paris. Je me contenterai de citer ici quatre Vers d'un
Poëte & d'un Ami que j'idolâtre; il dit:

> *Per che l'altrui misura*
> *Ciascun dal proprio core,*
> *Confonde il nostro errore*
> *La colpa, e la virtu.*
>
> P. *Metastasio Issip. Atto. I. Sc. VI.*

C'est, selon moi, la réponse, qu'on devroit faire
à quiconque declare chimérique l'innocente Passion,
dont je plaide la cause, en bonne conscience, & sur la
foi de l'Histoire.

C 3

Quoi!

* Hoffmanswaldau.

** De l'Esprit T. III. p. 129. dans la note, Edit. de *Paris*
1758. L'auteur n'est pas moins injuste envers l'Amour paternel: il le traite de *Postéromanie.*

Quoi! feroit-il impoffible, moralement et phyfiquement impoffible à l'Homme d'honneur, d'aimer une Femme de bien, fans *le defir fecret* de la déshonorer?

Quoi! feroit-il impoffible, moralement & phyfiquement, à la Femme d'honneur, d'aimer un homme de bien, fans *le defir fecret* d'en être déshonorée?

Qu'on fuppofe, à la bonne heure, la chofe extrémément difficile. Ne fçait on pas, ne convient-on pas, que tant de cœurs font fi fages, ou fi foux, ou fi forts, ou fi foibles, que d'eux on peut tout attendre?

Quand on me prouveroit, bon papier fur table, que D. Quichotte de la Manche, Chévalier des Lions & de la trifte figure, nourriffoit en fon cœur le *defir fecret de jouir* de fa Dulcinée du Tobofo: on ne me prouveroit rien, contre ma Théfe. Je prouverois, au contraire, par vingt Romances Efpagnols, que l'Amour Platonique a regné en Efpagne, pendant de longues années, publiquement & à l'honneur de la Nation. Ces Romances certes n'exifteroient point, & *Cervantes* n'auroit pas été gouté par toutes les Nations de l'Europe, fi dans le D. Quichotte, il n'eût attaqué que des Chiméres. On prétend que par cette excellente Satire, Cervantes fit un tort infini à toute l'Efpagne. Pour éviter leur ridicule, les Efpagnols tombérent, dit-on, dans les vices dominants d'un Peuple voifin. La Venus Aphrodite triompha par tout de la Venus Uranie, fi bien qu'on n'eut plus, pour le Beau-Sexe, ces fentiments refpectueux, delicats & épurés, dont on faifoit anciennement parade;

O n'aimoit plus, comme on aimoit jadis.

A Paris, l'immortelle *Déshoulieres* fit cette plainte, dans une Balade digne d'elle, à laquelle le Duc de *Saint Aignan* répondit, par une Balade digne de lui. Je conjure mes Lecteurs, de confulter les *Poëfies de Madame Déshoulieres.* Cette dixiéme Mufe chantoit l'Amour metaphyfique, dans l'efpérance de le faire dominer dans fa patrie. En effet les Oeuvres touchantes

de

de cette Femme si gracieuse, sont toutes propres à inspirer un amour vertueux, qui fait également honneur
à l'un & l'autre Sexe. On peut reprocher au célebre
Petrarque, le nombre excessif de ses Sonnets amoureux; peut-on refuser des éloges, à sa constante ten-
dresse pour l'incomparable *Laure?* Ses cendres, pendant dix ans, furent encore adorées, preuves évidentes
de la solidité de leurs amours platoniques.

A régret je dois reprendre ici un Ecrivain illustre,
dont j'honorerai les cendres, jusqu'au dernier jour de
ma vie. Je dois reprendre feu M. de *Fontenelle*. Il
dementit son cœur, son esprit, son caractére & sa politesse, dans un Dialogue des Morts, où *Platon*, en libertin, insulte une Reine d'Ecosse. Comment se peut-il,
qu'un beau Génie. . . Mais respectons ce beau Génie, &
parlons ici du divin Platon.

Platon avoit appris de *Socrate*, son Maître en Morale, comment le Sage peut aimer une Femme de bien,
& toute digne d'être aimée. Pour joindre la Pratique
à la Théorie, le divin Platon (ce Philosophe surnommé
le Moïse Athénien, & dont les mœurs étoient si confor-
mes aux nôtres) faisoit profession publique d'être
l'Amant déclaré de Dame *Archéanasse*, Matrône respectable par ses vertus, par son merite, & par son âge
encore. Point d'Amourettes, point de Mariage de conscience ou sans conscience : rien de tout cela. Platon *
aimoit Archéanasse; Archéanasse aimoit Platon, sans aucun desir contraire à la vertu. Venus Uranie com-
bloit de ses douceurs leur union cordiale; & voilà comment cet Amour, absolument metaphysique, fut appellé
platonique, par excellence.

Socrate, ayant été sur le même pié *Cicisbeo d'A-*
spasie, femme *de Pericles*, naturellement auroit dû don-

C 4

ner

* Ce Philosophe enjoué disoit, que les Amours se nichoient
dans les rides d'Archéanasse. M. de Fontenelle a traduit
en vers cette belle Epigramme de Platon. *Dial. entre Pla-*
ton & la Reine d'Ecosse.

ner fon nom à cette Paffion vertueufe & féconde en plaifirs folides & durables. Mais Socrate fut toujours malheureux. Il lui arriva, ce que bien de Siécles après, arriva au brave *Chriftophe Colomb. Colomb* decouvrit le nouveau Monde: *Americ Vefpuce* eut l'honneur de lui donner le nom *d'Amérique.*

Pour donner, à mes jeunes Lecteurs, une idée fenfible du veritable objet de cette Babiole, je la finirai par un Dialogue en Vers. Je me flatte, qu'aumoins toutes les Femmes d'honneur voudront bien le préferer au Dialogue de feu M. de Fontenelle, auquel il fervira d'Antidote; Je ne dis point cela par vanité ou par orgueil, mais fimplement fur la bonté de la Caufe.

ASPASIE ET SOCRATE,

DIALOGUE.

ASPASIE.

L'Oracle a prononcé: des Mortels le plus fage,
C'eft, felon lui, Socrate.

SOCRATE.

        Et, felon vous?

ASPASIE.

              Je gage,
Que vous prendrez d'abord le parti criminel
De donner à l'Oracle un dementi formel.

SOCRATE.

Je ferois à la fois impudent & modefte.

ASPASIE.

Cet Oracle embaraffe; & moi, je vous protefte,
Que j'aurois dementi tout Oracle impofteur,
Qui vous n'eût pas nommé.

                    SOCRATE.

S O C R A T E.

Quel compliment flatteur!
Mais vous n'ignorez pas que j'aime l'Ironie;
En votre bouche aumoins fa grace eft infinie.
L'Oracle eft bien heureux: il feroit contredit,
Sans votre aimable humeur, fans votre tour d'efprit.

A S P A S I E.

Je fuis vôtre écoliére, & fais gloire de l'être,
Sans pouffer le fçavoir jufqu'à jouer mon Maître.
Pourtant l'aveu du Dieu, qui vous fait tant d'honneur,
Et ravit vos amis, m'attrifte au fond du cœur;
Pour ne vous mentir point, entre nous, je fouhaitte
Que l'Oracle ait menti, comme un Fourbe-Prophête.

S O C R A T E.

Afpafie eft charmante, & jufqu'en fes fouhaits,
Son Efprit enjoué ne fe dement jamais;
A cette égalité j'aime à le reconnoitre.

A S P A S I E.

Ou l'Oracle nous trompe, ou vous n'êtes qu'un traitre.

S O C R A T E.

Votre Logique eft fiere, on ne l'entendra pas.

A S P A S I E.

Vous vous montrez épris de mes foibles appas,
Et, fi je vous en crois, vous m'aimez à la rage:
Seriez - vous des Humains en effet le plus fage,
Mon Amant & l'Ami Rival de mon Epoux?
Pluftôt, pour votre honneur, foyez le Roi des Foux,
Et vous ferez en droit d'avoir une foibleffe.

S O C R A T E.

L'Amour que j'ai pour vous, nâquit de la Sageffe.

                                        Peri-

Pericles, notre Ami, dont je fuis le Rival,
Si je vous aimois moins, m'en voudroit trop de mal·
Il a fait un beau choix, je l'approuve & l'honore;
Au moment qu'on eft fage, il faut qu'on vous adore.
Sçachez, pour concevoir ce fublime argument,
Que, même né fans yeux, je ferois votre Amant.
En fou qu'Alcibiade idolatre Afpafie,
Je ne l'honore point d'un grain de jaloufie;
En devenir jaloux: ce feroit mal penfer;
Ce feroit m'avilir, de plus vous offenfer.
Ne vous adorer point: ce feroit, en Sauvage,
Au Chéf d'oeuvre du Ciel réfufer mon hommage.
Voyez, fi maintenant vous pouvez préfumer,
Que j'ofe vous connoitre, & ne point vous aimer;
Voyez fi vous pourrez, fans devenir ingrate,
Songer à vos vertus, & foupçonner Socrate.

A S P A S I E.

Je ne m'attendois point au compliment fi doux,
Qu'un Sage doit m'aimer, & n'être pas jaloux,
Votre Efprit familier dicta-t-il la maxime?

S O C R A T E.

C'eft lui, qui de furplus me promit votre eftime.

A S P A S I E.

Il ne vous trompa point.   Jamais ma vanité
N'a pû goûter l'encens d'un Mortel éventé,
Qui, tel qu'Alcibiade, efclave d'un caprice,
Sur la foi de fes fens, m'apporte un facrifice·
J'aime à plaire, il eft vrai; mais c'eft lorfque je voi,
Qu'on aime l'honnête Homme, & non la Femme en moi;
Socrate, né fans yeux, non fans intelligence,
Ne fe plaindroit jamais de mon indifference.

SOCRATE.

SOCRATE.

O divine Afpafie! ofez-vous affeurer,
Qu'aveugle, dans un fens, je fçai vous adorer.
A l'Ame la plus noble, à l'Ame la plus belle,
J'ai confacré mon cœur, peut être digne d'elle.
Rappellez-vous ces tems, où, certes fans amour,
Je béniffois mon fort de vous voir chaque jour,
Et vous vous convaincrez, qu'aujourd'huy ma tendreffe
N'eft que le fruit tardif de la pure Sageffe.
Occupé du devoir de chérir vos vertus,
J'admire, en vos attraits, des attraits fuperflus,
Quand vous les perdriez; cette perte terrible,
Pour moi, feroit à peine une perte fenfible.

ASPASIE.

Vous êtes philofophe, & pour mieux m'eftimer,
Vous m'aimez, vous voulez de moi vous faire aimer.

SOCRATE.

Afpafie a des yeux: je n'ai point d'efpérance.

ASPASIE.

Fondé fur un foupçon, ce reproche m'offenfe.
Croyez que je fuis jufte, &, qu'aveugle à mon tour,
Je pourrois convertir mon eftime en amour;
Votre exemple eft trop beau, pour être inimitable,
Et ma Gloire m'invite à vous trouver aimable.
La Raifon m'avertit, de ne plus rejetter
Un cœur, que la Vertu me permet d'accepter.
N'ignorez plus, pour prix d'une amitié fi tendre,
Que je vous donne un cœur, que j'aurois pû deffendre,
Que j'ai fçû refufer à tant d'Adorateurs,
Nés pour plaire à mon Sexe, en fiers Triomphateurs.
Sentez-vous glorieux.   Dites-vous à vous même,
En vos plus grands révers: „*L'Objet que j'aime, m'aime!*
„J'obtiens par mon Amour, fondé fur la Vertu,

„Le

„Le plus grand des bonheurs, & ce bonheur m'eſt dû;“
Pardon, en attendant, que la juſte Aſpaſie
Enſeigne l'art d'aimer à la Philoſophie.

SOCRATE.

J'accepte votre cœur, ce tréſor précieux,
Ainſi que l'on reçoit le plus beau Don des Cieux.
Je ſens, comme je dois, ma gloire & ma fortune,
Et pardonne aux Humains leur haine & leur rancune;
Vous m'aimez, c'eſt aſſez.   Quel Théatre charmant,
Sera, pour moi, ce Monde, où je ſuis votre Amant!
Sentez, à votre tour, ſentez, belle Aſpaſie!
La douceur de fonder l'agrément de ma vie.
Dites-vous à vous même, en des moments facheux:
„Socrate eſt des Mortels, par moi, le plus heureux;
„Et ſa felicité ſera toujours ſuprême,
„Il m'aime, pour m'aimer; je l'aime, comme il m'aime.“
Ainſi que l'on ſe plait à voir l'Objet chéri,
Qui, ſans nos ſoins touchants, déjà ſeroit péri,
Plaiſez-vous à me voir; rappellez-vous ſans ceſſe,
Que mes jours ne ſont beaux, que par votre tendreſſe;
Que ſi, par vous, mon Sort eſt le Sort le plus doux,
C'eſt pour vous que je vis, prêt à mourir pour vous;
Pardon, en attendant, que la Philoſophie
Enſeigne l'Art d'aimer à l'aimable Aſpaſie.

TITRES
BABILLARDS.

J'appelle *Titre babillard*, le Titre de tout *Ouvrage d'esprit*, qui, *contre* les régles de l'Art, me developpe le *Fin* de l'Ouvrage, que l'Auteur auroit dû me cacher ; soit pour entretenir plus long tems ma curiosité ; soit pour me menager une agréable surprise ; soit pour exciter en moi d'autant plus d'étonnement ou d'admiration, d'autant plus de compassion, d'horreur, ou d'autres sensations humaines. L'Ecrivain me choque, quand il m'instruit d'abord en gros d'un fait, que je ne dois apprendre, que peu à peu, par un detail artistement compassé ; la chose est simple & naturelle. J'avoue, que sur cet article, je ne conçois pas le Goût de nos Anciens. Avec plaisir, je relis encore les Comédies jouées à la Cour d'Auguste. Je puis supporter les *Prologues*, qu'on trouve devant les Piéces de *Terence:* Je saute * presque tous les Arguments de celles de *Plaute.* Le Mot d'un Enigme me paroit ridiculement placé à la tête de l'Enigme. Par le même sentiment, je désapprouve le Titre babillard, au moment qu'il trahit le Secret de son Livre. Je suis trop jaloux de tous les plaisirs de l'esprit, pour ne point m'ouvrir là dessus, envers nos Auteurs futurs, mes chers Confréres en Litterature. Seduits par de grands exemples, ils pourroient aisément & même fort naturellement tomber dans la faute en question, qu'on évite sans peine, dès qu'on la reconnoit pour une faute. Il est donc juste,

que

---

* Je saute de même les Arguments placés devant les Chants ou les Livres de nos Poëmes. Si l'usage les authorise, l'interêt du Lecteur exige qu'il évite d'apprendre trop tôt en Prose, des Faits qu'on va lui narrer en vers pompeux ou sublimes.

que j'indique ici quelques Ouvrages connus, & trop clairement baptifés, pour l'interêt du Lecteur, qui perd
toujours à cette efpéce de découverte prématurée.

Avec la fainte permiffion de la noble Nation Angloife, je dirai nettement, que l'illuftre *Milton* eut tort
de donner à fon Poëme, le Titre de Paradis *perdu*. Le
Paradis *perdu* m'annonce d'abord l'horrible disgrace
d'Adam & de fon Eve. Attriflé avant que de commen-
cer à lire, je ne m'attends qu'à des lamentations en
vers, & je fuis déjà au fait de ce Poëme hiflorique. Il
me femble pourtant, que je ne devrois pas l'être, au
feul afpect du titre. A ce titre, le Poëte fidelle, m'afflige encore par fon début. Soudain j'apprends, qu'il
chante la défobéiffance du premier homme; les funeftes
effets du fruit defendu, la *perte* d'un Paradis, & le
mal & la mort triomphants fur la Terre.

L'adorable Madame *du Boccage* s'eft bien apper-
çue de lafaute de Milton. Le beau Poëme françois
qu'elle a fçû tirer du Poëme anglois, porte précifement
le titre que Milton auroit dû choifir, c'eft à dire, celui
de *paradis terreftre*. Me. du Boccage ne commence point
par effrayer fes Lecteurs, quoiqu'elle debute par la de-
fcription des Enfers. Mais il ne s'agit ici que de la difference des Titres. Il faut avouer, que le françois eft
gracieux & attrayant, au lieu que l'anglois eft funefte,
rébutant & de mauvais augure.

Le Milton des Italiens, le *Taffe* eft tombé dans une
autre extremité, en nommant fon Poëme: *Il Goffredo,
overo Gierufalemme liberata*. Qu'on le life avec quelque attention. On s'appercevra, que le Taffe auroit
dû fupprimer le fecond titre, & menager de loin au
Lecteur le plaifir d'apprendre la delivrance de Jérufa-
lem. La certitude de voir enfin Jerufalem delivrée,
fuivant la fainte promeffe du Titre, ne permet plus de
fentir la moindre inquietude pour cette Ville. * Il ne

refte

---

* Non feulement on fe fie à la promeffe du titre; mais encore

reſte au lecteur, que la foible curioſité d'apprendre les
moyens de la delivrance. L'Eſpérance, la Crainte & le
Doute, ſont cependant trois reſſorts admirables, qu'il
ne faut point anéantir, dès la page du Titre.

Otway, à ſa Veniſe préſervée, Tragédie fort eſti-
mée encore en Angleterre, fit le même tort, que le Taſ-
ſe avoit fait à ſon Poëme Épique. Il eſt bien ſurprennant, que cela ſoit échappé à la ſagacité de Mr. de
Voltaire, dont nous avons une *Rome ſauvée*.

Mr. de *Voltaire*, à l'exemple de *Pierre Corneille*,
auteur de la Mort de Pompée, Tragédie, enrichit encore le Théatre de la Mort de Céſar, Tragédie.

Neantmoins j'ai le courage de demander: ſi ces
deux grands Matadors du Théatre ne pechérent point
contre le dogme, pour lequel je plaide ici de toutes
mes forces? Je ſoutiens que Corneille auroit dû nous
donner *Pompée*, * & M. de Voltaire ſon *Jules-Céſar*,
ſans nous avertir, par les titres, de la Cataſtrophe mor-
telle de leurs Héros maſſacrés. Ai-je tort? conve-
noit-il d'annoncer d'avance la fin tragique de ces Grands
infortunés? En ce cas, les Poëtes auroient dû s'expliquer encore plus préciſément, & circonſtancier les choſes. Ils avoient à leur ſervice un mot tout propre, à
marquer le genre de mort. Corneille auroit dû mettre :
L'Aſſaſſinat de Pompée. M. de Voltaire auroit dû
mettre *l'Aſſaſſinat de Jules-Céſar*. Plus j'y penſe, &
plus je m'affermis dans le dogme. Il falloit, ou ne
point parler de la mort, ou lacher le mot d'aſſaſſinat,
à la tête de la Tragédie.

Je fais le même reproche à deux beaux Opéra du
celebre Abbé *Metaſtaſio*. Je dis, que le titre de ſa

Didone

----

core à la bêtiſe du Diable, qui, dans ce Poëme eſt bien un
pauvre Diable. Seroit-ce une Satyre italienne contre
le Diable?

** Et Polyeucte ſur tout, ſans le nommer Martyr. *Houdart de
la Motte* ſans doute s'en eſt apperçu, en mettant les *Macha-*
bées

Didone abandonnata m'inftruit trop tôt de l'affront de cette Reine, & de l'ingratitude du pieux *Enée*. [*] Pour quoi me prévenir là deffus? *Alla prima vifta del Titolo traditore*, je fuis initié dans le Miftére. Je fuis très-informé & affuré, que l'Avanturier Troyen trahira, quittera & abandonnera la Reine de Carthage. Le Titre inftructif & pofitif de la piéce ne fouffre pas, que je me flatte du contraire. Enée a beau jouer le rôle de l'Amant le plus tendre: je fçai, & peut-être mieux que lui, que la *povera Regina al fin fara abandonnata*. Je ne fuis donc nullement furpris de voir arriver ce malheur, prédit & promis par le Poëte. Préparé à digérer cet abandonnement, je ne m'en afflige guere. Au contraire j'en fuis bien aife, pour l'honneur du cher Metaftafio. Il nous auroit manqué de parole, fi fa Didon n'eût point été *abandonnée* par fon Amant devot. Le Poëte Romain auroit-il pû affliger à ce point les Manes de Virgile?

Je me trouve dans une fituation bien plus tranquile encore, à la repréfentation, comme à la lecture de *la Clemenza di Tito*. Le titre de ce fuperbe Opéra eft non feulement babillard & confident, mais de furplus caution de la bénignité inaltérable de cet Empereur Romain. Je ne crains donc rien, de fa part, pour tous les Amants, qui, dans cette piéce fi touchante, m'allarmeroient extrémement, fans le titre officieux & confolant, fur lequel je me répofe.

Mr. l'Abbé Metaftafio eft un Savant trop aimable, & d'ailleurs trop galant homme, pour prendre en mau-
· vaife

---

bées au Théatre, fans les declarer Martyrs d'avance. La mort d'Hercule fur le mont Oeta, eft le fujet d'une Tragédie de *Sophocles*, qu'il a intitulée: *les Trachiniennes*.

[*] M. *le Franc*, heureux imitateur de *Racine*, a enrichi le Théatre françois d'une *Didon, Tragédie*, fans prévenir l'Auditoire fur le fort de cette Reine. Je fuis, par conféquent, en droit de me flatter, que M. le Franc ne condamnera point mon averfion pour les titres babillards.

vaife part ma double remarque. Je ne critique point
fes Ouvrages; j'en fuis idolâtre. Je declare feulement,
que felon les fenfations de mon cœur, je voudrois oter
l' abandonnata à fa Didon, & *la Clemenza* à fon Tite.
Pardon fi là deffus je me trompe; mon cœur n'eft rien
moins que Pape.

Toujours il eft connu, que *Racine*, l'immortel Racine, fe garda bien de donner à fes Tragédies des Titres
babillards ou traîtres. Il n'auroit tenu qu'à lui, d'en
pourvoir fa Berenice, Reine auffi abandonnée, & ren-
voyée, qui pis eft, par Titus fon Fiancé, au rapport de
Suétone. Racine étoit le maître d'intituler fon Aléxandre le Grand: *La Magnanimité d' Aléxandre le
Grand*. Racine n'en fit rien, par la grande raifon,
qui me dicte cette Babiole.

Proverbialement on dit : qu'il ne faut point *decouvrir le pôt aux rofes*. Verité dont je voudrois
convaincre ces Beaux-Efprits, qui de peur d'être obfcûrs,
pourroient fe rendre trop intelligibles. Excès pour excès, à un Ouvrage *d' efprit*, j'aimerois mieux donner un
Titre obfcur, qu'un Titre *trop* clair, *trop* transparent,
trop declaratoire, terme de Jurisprudence. L'ingé-
nieux Dr. Swift régala le Public d'un *Conte du Ton-
neau*. Il ne donna point à cet Enfant un Nom figni-
ficatif, propre & énergique. Son ami *Pope* auroit pû
mieux bâtifer l'infultante *Dunciade*. En Italie, *Sal-
vator Rofa* auroit dû fe difpenfer de nommer *Satires*
fes Satires. Ce Titre eft babillard & offençant à la
fois. Il fuppofe incivilement, que j'ai befoin d'être
admonêté, comme quoi on m'offre des Satires

Sans l'Ufage, ce Tyran Protecteur de tant de fottifes, ne fe mocqueroit-on pas de nos *Phédres* modernes, qui à chaque Fable nous avertiffent, que c'eft
une Fable?

J'en dirai autant de certains Contes en vers. Si
j'avois à en faire, je laifferois au Lecteur le choix de
prendre mes Contes pour des Contes, ou pour des Aven-

tures, ou pour des Hiſtoriettes, de petites Hiſtoires, melées de quelque peu de fiction.

Par la même raiſon, je crois que nos Epigrammatiſtes devroient s'épargner la peine de marquer la tête de
chaque piéce, au coin de l'Epigramme moderne. Pourquoi m'annoncer indiſcretement la rencontre infaillible
d'une pointe ingenieuſe? Suppoſe-t-on, que je n'ai pas
le nez aſſez fin, pour ſentir une pointe, ou quelque
choſe qui tient lieu d'une pointe? Les Diſeurs de Bons-
Mots ſeroient inſupportables, s'ils s'aviſoient d'avertir,
qu'ils vont lacher de bons-mots.

Suppoſé que ma Critique ſoit fondée, le grand *Moliére* auroit dû repréſenter ſon *Malade*, ſans *s'aviſer
d'avertir*, que c'étoit un Malade *imaginaire*. En ſupprimant cette Epithete *ampliative & explicative*, il
auroit rendu plus frappant & plus comique, * le Comique de cette excellente piéce, par malheur un peu trop
outrée. Quel dommage qu'on ne la corrige point de
ce deffaut!

J'en dirois davantage de ſon Sganarelle, ou de ſon
C... imaginaire, ſi ce dernier titre n'avoit banni de
preſque tous les Théatres, ce morceau réellement théatral, & dont on pourroit faire une bonne piéce, dans le
bas Comique s'entend.

Je crois encore que Moliére auroit dû ſe diſpenſer
de nous avertir, que ſes Précieuſes ſont *ridicules*. Il
me ſemble que ſelon les régles de ſon art, il auroit dû
s'abſtenir de nous donner le ton ſi deciſif. Se defioit-
il du jugement de la France? Craignoit-il, que les Belles de Paris ne s'aviſaſſent de trouver ſes Précieuſes-très-
aimables, très-dignes d'être imitées? Ce n'eſt pas tout:
Moliére, en mettant ſur le Théatre des *Précieuſes ridicules*, ſemble inſinuer tacitement, que nous avons des

Précieuſes

---

* Pour preuve de cette verité, tout Paris a vû avec plaiſir,
Moutmeny, Comédien gros & gras, avec un viſage de Santé
& de Proſperité, jouer ce rôle de Malade imaginaire.

Précieuses *non* ridicules. Il refulte de tout cela, que Moliére auroit dû fe contenter de bien repréfenter les *Précieufes*, & laiffer au Public le foin de les declarer ridicules.

Le Philofophe marié, felon moi, eft le Chef d'Oeuvre de *Nericault Deftouches*. Je m'imagine, que fi j'avois fait le Philofophe marié, j'en ferois auffi glorieux, que le Comte de *Tuffiers* eft glorieux de fa Nobleffe & de fon Merite. De tout mon cœur, j'aime Arifte, & *fa Femme*. Celiante, Coquette bizarre, m'amufe extrêmement, & je veux du bien au brave Damon, qui a le courage de l'époufer. Je refpecte & j'honore le Sage, pére d'Arifte. Le Marquis du Lauret a mon approbation entiére; & quant à Géronte, l'Oncle d'Arifte: oh! je confens de boire bouteille avec lui. Je puis fort bien fouffrir Finette. Je lui pardonne la petite fottife qu'elle dit à fon bon Maître. * En un mot, je fuis enchanté du Chef d'Oeuvre de Deftouches. Cet enchantement ne m'empeche pas de fentir, que l'Auteur mal à propos pourvût fa piéce d'un double Titre. Le premier, celui de Philofophe marié, dicté par le Bon-Sens même, étoit fuffifant fans doute. Le fecond degrade le premier. Quel eft-il? *Le Mari honteux de l'être.* Ce dernier titre eft à la fois babillard & miftérieux. Au moins on eft en droit de demander, fi le Philofophe marié eft le Mari honteux de l'être, par ce qu'il eft philofophe? ou s'il eft honteux d'être le Mari de fa femme? ou s'il eft honteux d'être marié, n'ofant point l'être, fuivant fon état? Les gens éclairés fe doutent de la foibleffe comique du Sage, & tous n'en font pas fort édifiés. Au contraire, ils fe fachent d'être obligés de fi bien deviner. Ils y perdent le plaifir de la furprife. Ils n'apprennent rien de nouveau, rien de piquant, lorfque le Philofophe confeffe à fon Confident, pourquoi il eft honteux de fon mariage.

D 2

„Nous

---

* Acte I. Sc. IV.

„Nous le ſçavions, *diſent-ils*, Deſtouches a trahi le ſe-
„cret de ſa Comédie, en lui donnant un ſecond titre,
„abſolument ſuperflu, & même aſſez préjudiciable. "

Le Jaloux deſabuſé, malgré ſes petits deffauts, ſera toujours un Bijou théatral. Il plairoit davantage,
ſi ſes Lecteurs & ſes Spectateurs n'étoient pas aſſeurés,
que cet Epoux *jaloux* ſeroit indubitablement *deſabuſé*,
à la fin de la piéce.

Juſqu'ici je n'ai parlé que de Poëtes. Voyons maintenant, ſi je puis reprocher la même faute à nos Pro-
ſateurs. Je demande pardon au Lecteur, ſi d'abord je
ne lui préſente qu'une Payſanne. Mais auſſi c'eſt *la
Payſanne parvenuë*. Certes, j'ai tout le reſpect imaginable pour cette Payſanne. Je ſuis charmé de ce
qu'elle eſt *parvenuë*. Seulement je voudrois, que ſon
Biographe eût eu, pour moi, le menagement de ne
point m'apprendre, par le Titre, que cette Villageoiſe
ſûrement *devoit parvenir*. Peut être ſuis-je d'un goût
particulier. Toujours il me paroit que cette aimable
Payſanne m'auroit fait bien plus de plaiſir, ſi j'euſſe
pû ignorer, pendant quelque tems, la Fortune future &
immancable de la Belle.

Ici naturellement j'améne le Payſan *parvenu*. J'ai
pour ce Payſan toute la conſideration, qui lui eſt due.
Je ſuis charmé de ce qu'il eſt *parvenu*. Seulement je
voudrois que dès la premiere page, on ne fût point aſ-
ſeuré, que le Manant *parviendroit* infailliblement.
Cette certitude, je le repéte à deſſein, et en d'autres
termes, cette certitude nous coute & nous enléve
l'agrément de prévoir & de préſſentir. Il ne nous laiſſe que la fade curioſité d'apprendre, par quels moyens
la Payſanne eſt parvenue; par quels moyens le Païſan
eſt parvenu. Liroit-on moins ces deux Romans, tant
lûs & relûs, ſi l'un s'intituloit ſimplement *la Payſanne;* ſi l'autre ſimplement s'intituloit *le Payſan?*

L'unique bon Ouvrage de *Scarron*, c'eſt ſon Roman comique. Il nous paroitroit bien plus comique, ſi
l'Auteur

l'Auteur eût pris d'abord le ton ferieux de *Michel de Cervantes*. Sans l'avis de Scarron, on auroit déviné, que fon Livret facetieux n'étoit qu'un Roman comique; & la chofe en auroit été d'autant plus plaifante. C'étoit encore le jeu de Scarron, de donner à fon *Virgile travefti*, le titre *d'Eneïde en Vers françois*. * Furetiére, qui avoit tant d'efprit & de jugement, ne laiffa pas de nommer fon Roman, le *Roman bourgeois*. Il auroit pû trouver un meilleur titre.

L'Auteur du *Triomphe de la Vertu*, ou des Avantures de la Comteffe de *Breffol* n'eft pas de ma connoiffance. J'ofe néantmoins l'affeurer, qu'il auroit rendu plus intereffants fes trois Volumes, en ne chantant point victoire fur les pages des titres. Le *Triomphe de la Vertu* en auroit été d'autant plus éclatant & merveilleux, par les raifons déjà déduites.

Du moins, fi j'étois Romancier, je me garderois bien de mettre la queüe à la tête de mon Roman. A coup feur, je ne le gaterois point, par un titre trop lumineux, & par confequent nuifible. ** Les Ouvrages d'efprit font femblables à certains Tableaux, qui ne fupportent point un excès de lumiere, & qui doivent leur veritable éclat à la jufteffe de leurs ombres. C'eft un principe generalement reçu. On vient pourtant de voir, que les plus beaux Génies font fujets à le perdre de vuë. Pour en donner encore une preuve fenfible, je citerai une Héroïne, connuë de toute l'Europe, & qui a fait bien du bruit en Angleterre. C'eft la celebre *Pamela, or Virtue rewarded:* Pamela, ou la Vertu recompenfée. Cet Ouvrage de *Richardfon*, a été fi bien reçu du Public, qu'il s'en eft fait, en moins de fix mois,

D 3   quatre

---

* *Defpréaux*, en publiant fon Lutrin, l'intitula: *Poëme héroïque*. En 1701. il lui donna le titre de *Poëme héroi-comique*. Sans l'avis du Poëte, le Public fe feroit apperçu de la nature du Poëme.

** Je fuivrois plus-tôt l'exemple du bon *Bourfault*, qui fit la *Comédie fans titre*. Il a eu des imitateurs, j'ignore avec quel fuccès au Théatre.

quatre Editions, & bientôt après, une Traduction françoife. Ce grand fuccès ne rendit point muets les Critiques à Londres Ils publierent contre Pamela, je ne fçai combien de brochures. Je n'entre point en leurs querelles: je declare que je fuis *Pamelifte;* & que, malgré certains petits écarts, ce bon Roman a toute mon approbation, & merite des éloges, quoiqu'il foit écrit en lettres familieres.

Après cela, je prends la liberté de declarer tout de fuite, que le Titre le plus babillard, (j'ai manqué de dire le plus bâvard) que je connoiffe, c'eft précifement celui, que le bon Richardfon a imaginé, pour fervir, ou de Paffe-port, ou de Lettre de recommandation, à fa vertueufe Héroïne. Il faut rendre la chofe plus touchante, & mettre devant les yeux des Lecteurs, qui n'ont pas en main l'Original anglois, le titre extraordinaire de ce Roman fi renommé.

P A M E L A,
O R
V I R T U E   R E W A R D E D.

In a Series of familiar Letters from a beautiful young Damfel to her Parents. Now firft publifhed in order to cultivate the Principles of Virtue and Religion in the Minds of the Youth of both Sexe. A Narrative which has its Foundation in Truth and Nature; and at the fame time that it agreably entretains, by a variety of curious and affecting incidents, is entirely divefted of all thofe Images, which in too many Pieces calculated for amufement only, tend to inflame the Mind they fhould inftruct. &c. &c. &c.

On conviendra, j'espére, que ce Titre n'eft pas trop laconique. Le Traducteur françois a jugé fainement,
qu'il

qu'il falloit faire main baſſe ſur ce fatras, & ne char-
ger point le titre. *Pamela, ou la Vertu recompenſée;* voilà tout ce qu'il en a traduit.

Selon moi, le ſage Traducteur auroit bien fait de
ſupprimer encore cette *Vertu recompenſée.* Elle pri-
ve le Roman de ce goût piquant d'en connoitre la
queüe. L'Auteur a beau placer ſa Pamela en des ſituations critiques & dangereuſes; je n'en ſuis point émû.
La Vertu recompenſée, que mes yeux rencontrent au
haut de chaque page, me deffend de trembler, pour
l'honneur de la Belle, en péril par ſa faute.

Je ſens que je ne m'explique pas auſſi clairement
que je voudrois m'expliquer. Ainſi je dois conjurer
les Auteurs futurs d'approfondir la choſe. L'Hiſtoire
de Pamela eſt toute propre à l'éclaircir. Qu'ils ayent
donc la bonté d'examiner, s'il n'eſt pas vrai, que le
haut des pages, en cent endroits intéreſſants, tranqui-
liſe le Lecteur, que l'Auteur cherche à inquieter, à
mettre en allarmes? Il a beau m'effrayer, en condui-
ſant Pamela ſur le bord de quelque abîme: Je ſçai,
grace au titre babillard, que cette Pamela reſtera ver-
tueuſe, & que ſa *Vertu* ſera *recompenſée.* C'eſt ce
que je ne devrois apprendre, qu'au bout du dernier
Tome.

Qu'on ne me reproche point, que je ſuis tombé en
des redites. C'eſt à deſſein prémedité, que j'ai repeté
les effets odieux des Titres babillards, parce que je
voudrois en degoûter entiérement les jeunes Ecrivains.
Ils auront de la peine à ſacrifier un Préjugé, à l'au-
torité d'un Babioliſte.

PIECES

PIECES
FUGITIVES.

Suivant une Obſervation de l'Abbé *Des Fontaines,*
„c'eſt rendre un vrai ſervice à la République des
„Lettres, que de lui donner des Recueils de *Piéces fu-*
„*gitives.* Ces petits Ecrits meritent quelquefois, à
„plus juſte titre, de voir le jour, & d'être transmis à
„la Poſterité, que les plus gros ouvrages. Cependant,
„publiés en particulier, leur petiteſſe les avilit & les
„laiſſe à peine appercevoir. Incapables d'occuper une
„place dans les Bibliothéques, ils ſe voyent presque
„toujours dédaignés des Bibliophiles; en ſorte que la
„pluspart naiſſent & meurent en même tems. Mais
„lorsque ces petits Ecrits ſont, pour ainſi dire, une
„eſpéce d'aſſociation, & qu'ils ſe réuniſſent pour former
„un Corps un peu conſiderable, alors ils s'attirent
„l'attention du Public; ce n'eſt plus une Feuille vo-
„lante, ce n'eſt plus une Brochure; c'eſt un Livre, &
„ſouvent un Livre eſtimé & recherché." *

Sur la foi de l'Abbé Des Fontaines, on prend le
parti d'offrir au Lecteur de petites piéces en vers, d'autant plus fugitives, qu'elles ne fûrent jamais imprimées.
Elles auront toutes aumoins le merite de la nouveauté.
Comme nous ſommes dans un tems, où quantité de
bonnes Villes ont lieu de craindre d'horribles ſiéges,
je commencerai par des Strophes Philoſophiques, &
relatives aux horreurs de notre Siécle.

---

* Tome XIII. des Obſervat. p. 234. ou l'Eſprit de l'Abbé
Des Font. T. I. p. 385 & 387.

STROPHES
PHILOSOPHIQUES
D'UN
FRANC - MAÇON.

Entre l'Etude & la Pareſſe,
    Chers enfants de l'Oiſiveté,
Je veux jouïr de ma molleſſe,
    Au giron de la Liberté.
Tandis que ſans miſéricorde,
Sous mes yeux l'horrible Diſcorde
    Se baigne dans le ſang humain:
Malgré le Meurtre & la Rapine,
J'embraſſe une Muſe badine,
    En Franc-Maçon républicain.

Le jus, qui coule dans mes veines,
    Ne ſera jamais repandu,
Ni pour vous, Rois! ni pour vous, Reines!
    Non, tant d'honneur ne m'eſt pas dû.
Pour l'Amitié ſolide & tendre,
Ah! j'ai tout mon ſang à répandre,
    Sans être Eſclave ſoudoyé.
A ma Morale trop fidelle,
Je déſire une Mort, plus belle
    Que celle d'un Serf foudroyé.

Que l'équivoque Politique
    Enseigne aux Séjans de nos Cours,
Dans un Dédale déſpotique,
    Sa fauſſe marche & ſes détours:
Ma plume abhorre un mot funeſte,
L'Art de forger un Manifeſte,
    N'eſt point au rang de nos Beaux-Arts.

D 5

Voudrois

Voudrois-je, au Conſeil des Miniſtres,
Enfanter des Ecrits ſiniſtres,
    Arrêts de Mort aux Champs de Mars?

Thémis remplit ſon Sanctuaire
    De Dagueſſeaux, de Monteſquieux:
Il me ſuffit, que j'y revére
    Ces Salomons, ces Demi-Dieux.
L'auguſte Thémis me diſpenſe
Du ſoin de tenir ſa Balance,
    J'en ſuis indigne, & je le ſçai.
Thémis épargnant ma perſonne,
Il me ſuffit, qu'elle couronne
    Ma Proſe conſacrée au Vrai.

L'Ardeur de bâtir des Syſtémes,
    Sur des Syſtémes décevants;
L'Honneur d'apprendre aux Nicodêmes
    La ſource & les chemins des vents;
La Gloire d'inviter tout Homme,
A s'ériger en Aſtronome,
    N'ont rien qui pourroit m'émouvoir.
Plus ſavant que n'étoit Socrate,
J'ai le Sçavoir, qui ſeul me flatte,
    Que j'oſe me vanter d'avoir.

L'aimable Iris electriſée,
    M'offre, en riant, un doux Baiſer.
A ma honte, elle eſt refuſée,
    L'aimable Iris doit m'excuſer.
La Nature incompréhenſible,
Reſſemble à cette Iris terrible,
    Qui me répouſſe en m'attirant.
Je ne conçois point ce Prodige,
Je ſens d'autant plus de Préſtige,
    Et je l'admire en ſoûpirant.

L'Hi-

L'Histoire est toujours consolante,
    Quel fond pour un Etre isolé!
L'Histoire aujourd'huy m'épouvante,
    Sur la foi du Siécle écoulé.
Quoi! subirons - nous, sur les traces
De nos Ancêtres, leurs disgraces,
    Durant le cours de trente hyvers?
J'y consens.　Si la Providence
Nous dicte cette pénitence,
    Bénissons même nos revers.

Bellone aux Loix ferme la bouche,
    Filles du Ciel! osez chanter.
On s'investit, on s'escarmouche :
    Comus veut rire & banqueter.
Grand - Prêtre de ce Dieu propice,
Puis - je manquer à mon Office ?
    Je brave le Dieu des Combats.
Je dine en paix, en paix je soupe,
Et consacre à l'Amour la Coupe,
    Qui regne entre mes deux Répas.

Faut-il, malgré mon Sacerdoce,
    Par le plomb ou le fer périr?
L'Insulte, qui seroit atroce,
    Seroit le dernier à souffrir.
Annibal est devant nos Portes ;
Je voi le feu de ses Cohortes ;
    Qu'Annibal entre triomphant.
A quelque coup que je succombe,
Ecrivez, Muse! sur ma Tombe :
    CY GIT, BELLE' EGLE! VOTRE AMANT.

Les Editeurs sont en possession de prodiguer leurs
louanges, aux morceaux poëtiques, dont ils regalent
le Public.　C'est en quoi les Editeurs n'ont pas tant de
tort qu'on pense.　Ils sont responsables des Piéces
                         d'au-

d'autrui, au moment qu'ils les publient.   Or il est decidé, que le nombre des Connoisseurs n'approche point
de celui des Poëtes.   En magnifiques vers anglois,
l'illustre *Pope* l'a demontré.   Long tems avant lui, le
savant *Huet* *, en prose françoise, denonça au Public
cette verité incontestable.   Il est donc tout simple, tout
naturel, d'imiter ces Marchands, qui nous expliquent
au long les qualités & les beautés des Marchandises
qu'ils nous debitent.   Je serois par consequent en droit
de pretter les plus belles couleurs à mes piéces fugitives.   Je n'en ferai rien, par respect & par modestie.
Pour faire le Charlatan, j'ai une opinion trop haute du
discernement & du goût de mes Lecteurs.   Je suppose
avec raison, que quiconque peut s'amuser à lire mes
Babioles, doit necessairement goûter les piéces travail-
lées, dont, selon moi, j'enrichis ces Babioles.

En cette confiance raisonnée, j'offre à mes Lecteurs
un autre morceau du même Auteur; mais dans un
genre, dans un goût bien différent.   Il n'a point le
merite de *l'opportunité*, par ce que notre Siécle n'a
point d'Ingrats **.   Les Satiriques disent, que faute de
Bienfaiteurs, les Ingrats sont absolument disparus.
Ce qu'il y a de certain, c'est que personne n'avoüe
d'être, ou d'avoir été ingrat, ou de vouloir le devenir.

Quoi qu'il en soit, je ne supprimerai point des Vers
composés sur l'ingratitude, en faveur des Ingrats.   Je
me flatte, que même notre Siécle voudra bien rappeller l'ingratitude, en lui fournissant des moyens de se
manifester.   C'est, sur tout en cette vuë charitable,
que je prie le Lecteur de lire, avec quelque attention,
le morceau suivant:

                                        SUR

---

* Hueriana LXXIV. p. 173.

** Les Ingrats commencerent, déjà dans le Siécle passé, à
devenir rares.   „Il y a beaucoup moins d'ingrats qu'on ne
„croit, par ce qu'il y a bien moins de généreux qu'on
„ne pense, " *disoit St. Evremond*, qui connoissoit les
Hommes.

SUR
L'INGRATITUDE.

Ne nous rébutons point à fervir les Ingrats,
Comblons les de bienfaits, malgré leur turpitude.
C'eſt l'unique parti , que de l'Ingratitude
Le Sage fçait tirer, & n'en eſt jamais las.

Laiſſer l'Ingrat fans aſſiſtance,
C'eſt non pardonner, c'eſt punir.
C'eſt une eſpéce de vengeance,
Qu'on accorde à ſon ſouvenir.
Rendre fervice à l'honnête homme,
C'eſt placer, en bon Oeconome,
Un capital, fans rifquer rien.
Aux Ingrats encore être utile,
C'eſt faire, en Commerçant habile,
Toujours travailler tout ſon Bien.

N'attendant que du mal de tous ceux que j'oblige,
D'entre eux le plus hideux ne ſçauroit me duper.
Il ſe trompe, le fou, s'il penſe me tromper,
Ne m'étonnant jamais, jamais il ne m'afflige;
Il m'oblige à ſon tour, il me met en état
De ſervir en ſecret ſouvent le même Ingrat.

Heureux le Mortel charitable,
Qui, toujours fidelle au Prochain,
Mérite le Titre adorable
De Protecteur du Genre humain.
Qui, non trop juſte, non ſevére,
Dans le coupable voit un Frére,
Et lui tend auſſitôt les bras;
Qui ſeul ſe ſuffit à lui même,
Et fait comme l'Etre ſuprême,
Chaque jour mille & mille Ingrats! *

Pour

* „Si vous voulez imiter la Divinité, faites du bien aux in-
„grats. Le Soleil ſe léve aux méchants comme aux bons;
& les

Pour l'interêt de l'Homme, ainſi que pour ſa gloire,
On devroit ignorer notre cruelle Hiſtoire.
   Si l'Univers peut être un objet pour les Morts,
Colomb! vois l'Amérique, & pleure ſa miſére.
    Pourquoi découvris-tu ce Monde & ſes Tréſors?
Pour y faire abhorrer l'Europe mercénaire.
    Quel fut le fruit heureux de ta ſagacité?
Quel fut le noble prix de ton rare courage?
       La riſible Immortalité
      De ton Nom & de ton Voyage.
   Chargé de fers honteux, * tu révis cette Cour,
Qui d'un Monde nouveau, graces à toi, Maitreſſe,
   Pour être, ſans rougir, ingrate, à ton retour,
Prettoit aux Délateurs une oreille traitreſſe;
   Ton Hiſtoire m'apprend, infortuné Génois!
   Qu'on a tort de ſervir l'avidité des Rois.
Pour donner, nous dit-on, à l'Ecoſſe nouvelle,
Des limites, peutêtre accablantes pour elle,
   Des Noirs contre des Noirs, des Blancs contre des Blancs,
   Combattent en Lions, pour le choix des Marchands;
Tandis que des Colombs, peutêtre encore à Génes,
De plus d'un Hôpital decouvrent les Domaines.
   Mieux bâptiſés qu'inſtruits, ſi pourtant des Chrétiens,
   Sans toi, ſeroient encor barbares & payens,
Conſole toi, Colomb! quand la Terre, en demence,
Méconnoit nos travaux; le Ciel les récompenſe.
   N'eſt-ce pas tout pour nous? Par ton Hiſtoire enfin,
                Hiſtoire

„& les Mers ſont ouvertes aux pirates comme à ceux qui
„navigent pour le bien de la Societé, *dit Seneque.*

* Le Capitaine du Vaiſſeau, ſur lequel Colomb fut rembarqué,
offrit de lui oter ſes fers. Colomb, malgré ſon grand âge,
n'y conſentir point. Il revint en Eſpagne chargé de fers. Il
porta ces fers partout où il alla: ils étoient toujours ſus-
pendus dans ſa chambre; & il voulut qu'ils fuſſent enterrés avec lui. *An Account of the European ſettlements in
America Lond. 1757 2 Vol. in 8.*

Hiftoire à jamais inftructive, *
Je ferme la bouche plaintive
Au Mortel bienfaifant, trahi par fon Prochain.

Envers fon Créateur ingrate Créature,
L'Homme doit confeffer, qu'un cœur reconnoiffant
Eft plustôt, de DIEU même, un rare, un beau préfent,
Qu'un Don gratuit de la Nature.
Toujours en des befoins, toujours l'Homme emprunteur
Se plait à recevoir le fecours neceffaire :
Choque-t-il fon orgueil? pour lui fçut-on trop faire?
Honteux de trop devoir, il hait fon Bienfaiteur.

Il eft, dans les Mœurs, un Sublime,
Au quel *Longin* n'a point penfé ;
Qu'Augufte nous a bien tracé,
Augufte de Cinna recompenfant le crime ;
Portez, petits Mortels! portez vos fiers régards
Sur le Tyran Romain, le premier des Céfars.

L'Ingratitude abominable,
D'un lâche orgueil enfant brûtal,
Sera, devant Dieu, puniffable,
Et non devant mon Tribûnal.
Que l'Ingrat toujours me haïffe.
Pourvû que toujours je jouïffe
Du bonheur de le fecourir.
Je tire un interêt honnête
Des Biens, dont je charge fa tête,
Et ces Biens ne fçauroient périr.
Ne criaillez donc plus, Chrêtiens! contre ce Monde,
Où s'offrent tant d'objets à votre Charité.

Annobliffez

---

* Il faut ici avertir, que la vie de Colomb, écrite par fon fils
Ferdinand, Prêtre établi en Efpagne, a été dictée par la Politique : & que dans tous les Dict. hiftor. l'Article de Colomb eft plein de fautes d'omiffion impardonnables.

Annobliſſez vos cœurs. La Généroſité
Ne veut point, qu'en perdant, on ſe plaigne ou qu'on
                                             gronde ;
Voulez vous être grands, envers tous vos ingrats ?
Augmentez en le nombre, & n'en vous vantez pas.

Encourager l'Homme à augmenter le nombre des
Ingrats, d'une façon ſi ſolide : ce n'eſt point prêcher
une mauvaiſe Morale. Plaiſe au Ciel, que ce ne ſoit
pas prêcher aux ſourds !
    Ceux qui trouveront ces vers ſur l'ingratitude trop
graves, pour figurer dans une Babiole, ſont priés de
conſiderer, que la bigarure conſtituë l'eſſentiel, dans le
goût baroque d'un Recueil à la moderne. En confor-
mité de la régle, on ne manque point de fournir deux
morceaux poëtiquement jumeaux, enfants d'un Philoſophe galant-homme, ou d'un galant-homme philoſophe :

L E S

B I E N S D E L A V I E.

*Quis eſt tam compoſitæ felicitatis, ut non aliqua
ex parte cum ſtatus ſui qualitate rixetur ?*
                              Boët. 2. Conf. pr. IV.

La Santé, le Répos, l'Aiſance, l'Amitié,
Sont quatre Biens, qui font le bonheur de la vie.
    L'homme ſans eux, n'eſt plus, qu'un objet de pitié,
On ſe paſſe, avec eux, de la Philoſophie.
        Mais, lorſqu'on ſçait ſe paſſer d'eux,
            Et s'eſtimer encore heureux :
        Lorſque, tranquile dans l'orage,
            En bon Pilote, on ſçait trouver
            Toujours un port : c'eſt bien prouver
        Les trente & deux quartiers du Sage.
                                              Ai-je

Ai-je de la santé? suis-je un jour en répos?
Suis-je bien à mon aise? ai-je un ami sincére?
Non, Dieu! vous le sçavez, j'ai le don de me taire,
Et de me croire heureux: je suis donc un héros.

Mon cœur fait ce beau Sillogisme,
Où mon Esprit rétif ne voit point d'héroïsme:
Taisez vous, Esprit raisonneur!
Pour penser juste, il faut penser comme mon cœur.

De ma Félicité suprême,
Deux beaux yeux, en pleurant, daignérent m'asseurer.
Beaux yeux! depuis vos pleurs, j'ai cessé de pleuror,
J'ai tous les Biens: Elvire m'aime.

SUR
LA SOLITUDE
A
LA CAMPAGNE.

Beatus ille, qui procul negotiis,
Ut prisca gens mortalium,
Paterna rura bobus exercet suis.

Horat.

Heureux, qui detaché du Monde,
Ainsi que nos premiers Mortels,
Cultive, d'une main féconde,
Lui même ses champs paternels:
Qui, non Hérmite, ou fier sauvage,
Mais tel qu'Horace a peint le Sage,
Sçait vivre en Horace éclairé;

Tome III.   E   Qui

Qui, se rendant delicieuse,
L'oisiveté laborieuse,
Travaille en Savant désœuvré !

Une totale solitude
Doit avoir, tôt ou tard, quelque retour trop rude :
L'Homme est né, quel qu'il soit, pour la Societé,
Le plus fier des *Timons* sent cette verité.

Pour vivre heureux, j'exige une Eve, qui fidelle,
Et solitaire par amour,
Permet, que je lui dise, au moins deux fois par jour,
Iris ! n'est-il pas vrai, que la Campagne est belle ?

SUR
LA LANGUE LATINE.

C'eſt par l'étude, que nous ſommes
Contemporains de tous les hommes,
Et citoyens de tous les lieux.

Houd. de la Motte.

Que ceux qui chériſſent la Langue latine, ne liſent
point cette Babiole françoiſe. J'aime toutes les Langues, & je les poſſederois toutes, ſi l'on pouvoit les apprendre, comme on acquiert leurs Dictionnaires. Un
Anonyme anglois, dans une Diſſertation * ſavante, ſur
l'utilité de la litterature orientale, a fait voir, combien
la connoiſſance de l'Hébreu, de l'Arabe, de l'Armenien,
du Syriaque &c. eſt utile, même pour l'intelligence de
nos Auteurs prophanes. J'ignore ce qui en eſt; mais
je ſçai, que le cher *Rollin* s'eſt noblement exprimé,
ſur l'intelligence des Langues. Le paſſage merite d'être
tranſcrit, en faveur de ceux qui n'ont pas le bonheur
de connoitre ce bon Ouvrage. ** „L'intelligence des
„Langues ſert comme d'introduction à toutes les ſcien-
„ces. Par elle nous parvenons, preſque ſans peine, à la
„connoiſſance d'une infinité de belles choſes, qui ont
„couté de longs travaux, à ceux qui les ont inventées.
„Par elle tous les Siécles & tous les Païs nous ſont
„ouverts. Elle nous rend en quelque ſorte contempo-
„rains de tous les ages & citoyens de tous les Royau-
„mes, & elle nous met en état de nous entretenir, en-

E 2　　　　„core

---

* *An Eſſay on the Uſefulneſs of oriental Learning. Lond.* 1739.
** *Maniére d'enſeigner & d'étudier les Belles Lettres.* I. I. p. 1.

„core aujourd'huy, avec tout ce que l'Antiquité a pro-
„duit de plus favants hommes, qui femblent avoir vécu
„& travaillé pour nous. Nous trouvons en eux, com-
„me autant de Maîtres, qu'il nous eft permis de conful-
„ter en tout tems; comme autant d'amis, qui font de
„toutes les heures, & qui peuvent être de toutes nos
„parties, dont la converfation toujours utile & toujours
„agréable, nous enrichit l'efprit de mille connoiffances
„curieufes, & nous apprend à profiter également des
„vertus & des vices du Genre humain. Sans le fecours
„des Langues, tous ces Oracles font muëts pour nous,
„tous ces tréfors nous font fermés; & faute d'avoir
„la clé, qui feule peut nous en ouvrir l'entrée, nous
„demeurons pauvres, au milieu de tant de richeffes, &
„ignorants au milieu de toutes les fciences."

Que dire, après cela, de ces péres, qui n'engagent
point leurs enfants à apprendre les Langues? La belle
Langue des anciens Romains, n'eft en nos jours que la
Langue des Savants. Néantmoins on la néglige en
bien des climats; tandis qu'on y enfeigne un Latin barbare, * au grand detriment de l'Europe; c'eft le fujet
de cette Babiole, que les grands Politiques devroient
prendre à cœur, foit dit fans vanité.

Communément on accufe le Latin, d'être une Langue difficile. C'eft de quoi il eft très-permis de douter.
Ce n'eft point la langue, c'eft la Grammaire, qui embaraffe les enfants. Les diverfes Methodes de l'enfeigner ne font point également convenables. Chaque
Nation devroit avoir fa methode particuliere. M. *Plu-
che* fe plaint beaucoup des Ecoles Latines (telles qu'elles font aujourd'huy en Efpagne, en Italie) dans *la Mécanique des Langues & l'Art de les enfeigner*. Diroit-
on que les Langues ont une Mécanique? Je n'ai pas
l'honneur de la connoitre: j'aurai celui d'avertir les
Péres

---

* Que les Allemands appellent: *Latin de Cuifine*, tel qu'il
brille dans les *Epift. obfcur. Viror.* Satyres magnifiques.

Péres de famille, qu'ils ont tort de faire étudier des enfants, qui abhorrent la Grammaire.   Que peut-on se promettre du Génie d'un *Nigaudinet*, dès qu'il trouve les Declinaifons, les Conjugaifons & les Régles les plus communes de la Syntaxe, trop épineufes et trop herif-fées pour lui? Il eft vrai, que des enfants, d'abord rebu-tés par des difficultés auffi legéres, n'en devinrent pas moins de bons Savants, et même des Critiques très-efti-mables.   Mais ces exemples, fi rares, ne prouvent rien. Ils ne doivent point cajoler l'efpoir d'un pére, con-vaincu que fon fils gémit, fous les ronces de la Gram-maire Latine.

Remarquons en paffant, & par parenthéfe, qu'en Angleterre, en Hollande, en Allemagne, en Suiffe & en bien des Climats du Nord, on a tort d'enfeigner d'abord la Grammaire latine. Pourquoi ne commence-t-on point par la grécque? Elle eft plus analogique au langage de ces Peuples; * & elle engageroit un nombre infini de jeunes gens, à s'appliquer au Gréc, langue qu'à grand tort on ne croit plus trop néceffaire. La néceffité réelle de fçavoir le Latin, foutiendroit toujours ce La-tin; & la Grammaire grécque, ** toujours Grammaire, faciliteroit infiniment l'intelligence de la Latine & de toutes les autres Grammaires du Monde. Il s'agit principalement d'inculquer d'abord une idée jufte d'une Grammaire quelconque. Pourvû qu'elle foit claire, non furchargée de Régles, & à la portée de la jeuneffe; cette Grammaire fera une introduction heureufe en toutes les Grammaires imaginables; je le repete : on ne fçauroit trop le repeter.

E 3

Si

---

* Les premiers mots que les enfants prononcent, ne font-ce pas des mots grecs? Pappa & Mamma, ou Papa & Mama font encore deux mots, entrés en bien des langues vivantes.

** La Nouvelle Methode pour apprendre facilement la Langue grecque, de *Lancelot*, eft fi parfaite, à tous égards, que ceux qui s'en ferviront, s'étonneront de leurs progrès rapides.

Si quelque Regent voudra bien essayer la chose, il sentira, que la Langue latine n'est point une langue fort difficile à être bien enseignée. Sur cet Article, on auroit tort de consulter uniquement les Pédants, prévenus & blanchis dans l'Ecole. Selon toutes les apparences, ces derniers seduisirent feu Mr. de *Maupertuis*. Mal satisfait de toutes les Ecoles, il auroit voulu les anéantir toutes, & batir des Villes Latines, où le petit peuple même, auroit parlé le Latin, des Polonois & des Hongrois s'entend. Un excès de zéle dicta ce Projet étrange à l'illustre Président. Il ne se rappella point les beaux vers latins, composés à l'âge de treize ans, par son ami & par son Collégue Mr. de *Fontenelle*. L'Anti-Lucréce du Cardinal de *Polignac* prouve encore, qu'en France la bonne Latinité, quoique rare, n'est point renfermée dans les Colléges ou dans les Couvents. Mille & mille ouvrages, écrits dans le vrai goût en beau Latin, font autant de témoins irréprochables, en faveur des Ecoles et de leurs laborieux Regents contre le Préjugé, qui condamne la pluralité des Methodes modernes. Quel Siécle a jamais rendu pleinement justice aux Gens de bien, reduits à instruire la premiere Enfance? En son tems, *Lucien* declara déjà, sur son ton caustique, que *ceux que Jupiter hait, il les fait Maîtres d'Ecole*. De cette reflexion, si satirique & par malheur si vraye, on a fait l'Adage latin:

Quos Jupiter odit, Ludimagistros facit.

De crainte de voir la Barbarie retourner sur ses pas honteux dans toute l'Europe, payons mieux, & honorons d'avantage, tous ceux qui se consacrent au penible metier d'enseigner le Grec, & le Langage de l'ancienne Rome.

En revenche faisons main basse sur toutes ces tristes & misérables Ecoles, où l'on enseigne ce qu'on apelle très-improprement *le Latin*. Louons d'abord, et condamnons en suite, le zéle inconsideré de ceux, qui procurent

curent aux enfants des pauvres, les moyens d'apprendre
le Latin en queftion.   Tranchons enfin le mot, difons
tout net: „*Qu'en certaines Régions, cette Langue la-*
„*tine eft une pefte perpetuelle, qui arrache à l'Etat*
„*un nombre innombrable de jeunes citoyens, morts*
„*pour cet Etat, & néantmoins toujours vivants, à*
„*la charge de cet Etat même.*"

Je ne toucherois pas cette corde, fi, dans les païs
Catholiques Romains, on n'imprimoit des Ouvrages
raifonnés, pour convaincre les Souverains, que le nombre prodigieux & non limité des Religieux de toute
efpéce, enerve abfolument l'Etat, & lui porte encore
bien d'autres préjudices.   Il eft connu, qu'en Portugal,
en Efpagne, en France, & en d'autres païs, les Politiques cherchent des moyens d'amortir l'ardeur monaf-
tique, dont la jeuneffe fe laiffe éblouir & entrainer. *
En cette vuë, on a deffendu à certains Ordres, de recevoir les vœux des Novices, au deffous de vingt & cinq
ans.   Tous les gens fenfés approuvent cette fage Or-
donnance.   Je doute, qu'ils approuvent de même les
confeils violents de quelques Financiers Défpotes.   Ils
voudroient que les Souverains euffent la charité de
s'emparer de toutes les richeffes monacales.   Qu'alors
les Moines depouillés auroient de la peine à fe recrûter;
& qu'à la fin de ce Siécle, leurs Couvents fe trouveroient vuides, à la difpofition de ces Souverains chari-
tables. **

L'expedient eft fans replique.   Cependant je ne le
propoferois point à un Prince que j'eftimerois, pour
caufe.   Et quand tous les Moines riches feroient exter-
minés, comme les fameux Templiers, par politique:

E 4

l'Etat

---

* Efpéce de maladie, qui attaque la jeuneffe, *dit le bon Abbé
de Saint Pierre;* il l'appelloit la petite verole de l'Efprit.

** Voyez, entre autres piéces, *le Memoire fur la Neceffité de
diminuer le Nombre & de changer le Syftême des Maifons
religieufes.* 1755. in 8.

L'Etat n'y gagneroit rien.   Au lieu de vingt mille Moines riches, les Peuples auroient cent mille Moines mendiants à nourrir.   Dans les tems difficiles, les Princes ne trouveroient pas ces reſſources, qu'ils trouvent aujourd'huy dans les riches Monaſtéres.

Sans manquer à la Religion, & ſans anéantir la Liberté publique, le Bon - Sens indique des remedes juſtes & honorables, contre la *Monachomanie,* ſi funeſte à la population.

A l'exemple des Médecins, commençons par l'examen de l'Origine du Mal.   Ceux qui l'imputeroient, par bonté d'ame, à un excès de devotion précoce, connoitroient peu, ſelon moi, les diſpoſitions communes de la jeuneſſe la plus docile & la plus reglée.   L'Origine du mal gît dans les Ecoles nombreuſes, où l'on enſeigne *gratis* le Latin, à tout Animal - Mâle, dès qu'il ſe préſente pour l'apprendre. * N'eſt-il pas vrai, que dans tous les païs Cathol. Rom. on voit de petits gueux, qui mendient, & frequentent les Ecoles latines ? Peut-on s'empecher de donner l'aumóne, à un joli drôle, lorsque d'un air touchant, il vous dit: *ſum pauper ſtudioſus,* je ſuis un pauvre Etudiant? L'enfant ſe familiariſe également avec la Béſace & avec la Grammaire.   Voilà les deux ſources *ſacrées,* où le *pauper ſtudioſus,* à l'âge de vingt ans, ne ſçachant où donner de la tête, puiſe enfin une vocation prétenduë, & ſe jette dans le premier Ordre mendiant, où il s'offre un azyle contre l'opprobre & la miſére.   Ses amis & ſes parents, ne voyant pour lui que cette reſſource unique, appuyent la reſolution deſéſpérée du Mendiant latin.   Les Moines, de leur coté, n'oublient rien pour acquerir un nouveau Frére.   Bréf, tout le monde tombe d'accord,

que

---

* L'Ecrit, qu'on appelle le *Teſtament du Card. de Richelieu,* condamne, quoique par d'autres motifs, le nombre prodigieux des Ecoles Latines.

que Dieu appelle ce miferable fans fecours, à l'Etat le plus faint de la vie. *

Le fils du petit Bourgeois frequente également quelque Ecole latine. Il ne trouve pas de quoi continuer fes études. Cependant tout glorieux de fon peu de Latin, il fe garde bien de marcher fur les pas de fon pére. Propofez au jeune fou d'embraffer quelque profeffion, ou de fe choifir quelque metier convenable: il prendra ce fage confeil pour un affront fait en face. Quoi! il n'auroit appris du Latin, que pour travailler de fes mains; pour devenir un Courtaud de Boutique; ou pour porter le moufquet, comme un garnement, qui n'eft bon qu'à être tué à la guerre? Il fe donneroit plustôt au Diable. Faute de charge, faute d'emploi, il fe confacre à Dieu. Il endoffe un habit monacal. Au bout de l'année, le Grivois, faifant vœu de pauvreté, abjure le travail & l'indigence. Les gens les plus refpectables l'appellent *mon reverend Pére!* Il mange à la table des Grands; & fon exemple fait l'impreffion la plus feduifante, fur tous les jeunes gens de fon efpéce. **

La Langue latine eft donc abfolument la plus nourriffante de toutes les Langues du Monde. Quel calculateur pourroit jamais nous indiquer le nombre des bouches, utiles ou non utiles, qu'elle entretient fi richement, quoiqu' on la range parmi les langues mortes? Par tous fes effets, elle eft bien réellement vivante. Mais il faut auffi tout dire: c'eft par-là même, qu'elle devient une pefte fecrete & continuëlle, qui annuël-

E 5

---

* Il me femble qu'on devroit dire à ce Miferable: *Mon Enfant! ne méne point une vie de mendiant; Il vaut mieux mourir que de mendier.* Ecclef. Ch. XL. v. 29.

** Le celebre Abbé de *Vertot*, d'une famille noble & ancienne de Normandie, fe fit ainfi Capucin à l'âge de 16 ans. Il paffa enfuite dans l'Ordre de Prémontrés, & devint enfin Eccléfiaftique Séculier, dès qu'il trouva le moyen de le devenir.

nuëllement enléve à l'Etat, comme on l'a dit, un nombre innombrable de jeunes citoyens, enterrés pour l'Etat, & à charge de l'Etat, vivants. La Langue latine, Nourrice de tant de bouches avides, eft donc l'ennemie la plus infigne de la Nature, protectrice de toutes les propagations poffibles. De tant de verités palpables, il réfulte en bonne Logique, que les Souverains devroient diminuer confiderablement le nombre des Ecoles latines. On devroit au moins les rendre inacceffibles aux enfants de la Populace; & encore aux enfants privés du moyen d'achever leurs études. S'il eft vrai, que le falût du Peuple doit étre la loi fuprême: je ne propofe rien, qui ne foit digne de l'attention publique; & j'ai, de mes Lecteurs, une opinion trop haute, pour m'expliquer plus amplement fur cette matiére.

Sans doute on m'objectera, qu'en diminuant le nombre des Ecoles, ou qu'en fermant les Ecoles aux enfants fans bien & fans fecours,. on priveroit indubitablement l'Europe d'un bon nombre de Savants eftimables. On me dira que la charité ne permet point d'interdire aux fils du pauvre, une Ecole confacrée au Public. On me citera les exemples fameux des pauvres Etudiants, dont la Providence à fçû faire des Savants du premier ordre.

A toutes ces objections plaufibles, on pourroit repondre, fans chicaner en Sophifte politique. Du manque de quelques Savants poffibles, l'Etat fe confoleroit, en confervant au monde une multitude de citoyens utiles, qui repareroit les pertes, que les guerres caufent au Genre humain. Nous vivons dans un Siécle, où les Savants font moins neceffaires que les Agriculteurs; & les Péres Moines, moins neceffaires que les Péres de famille.

Malgré tout cela, confentons à la continuation de nos Ecoles. Qu'on y reçoive, fans la moindre difficulté, le Marmot qui fe préfente. Qu'il plaife aux

Sou-

Souverains de faire, à leurs depens, enſeigner le Latin à tous les enfants mâles de leurs ſujets. Qu'on bâ-
tiſſe enfin des Villes Latines, à la place des Villes
ſaccagées.

Mais de grace, qu'on ne prenne plus pour des Savants habiles, tous ceux qui devinent le Latin de *Tho-
mas d'A Kempis*. Que le celebre *Simon*, * ſi reſpectable dans la République des Lettres, ſoit au moins
de quelque poids ici. Le docte Simon voyoit avec
douleur, qu'on faiſoit de la Prêtriſe, une eſpéce de
Metier mécanique. En ſes Lettres critiques, il ſoutint
hautement, que tout Prêtre & tout Religieux devroit
être *Homo trilinguis:* c'eſt à dire, qu'outre ſa langue maternelle, il devroit poſſeder l'Hebreu, le Gréc
& le Latin. Il prouva, que ſans l'intelligence de ces
Langues ſacrées, on ne ſçauroit être bon Théologien,
& qu'un Prêtre ſans Théologie &c. &c. &c. **

Suppoſons maintenant, qu'un Souverain, convaincu
de cette verité, ſi facile à concevoir, deffendît en con-
ſequence à tous les Ordres, de donner la Prêtriſe à des
gens, qui ne ſeroient pas déjà Théologiens : (*homines
trilingues*) pourroit-on, avec juſtice, blâmer un Souverain, Protecteur ſi zélé de la ſainte Théologie? Dans
les Païs proteſtants, on fut autrefois très-ſevére ſur
l'Article des trois Langues théologiques. Si, en
certains endroits, les Princes diſpenſent là deſſus; tant
pis pour ces Princes. Les Princes Cath. Rom. ont bien
d'autres raiſons d'exiger la connoiſſance des Langues
mortes. La Ste. Egliſe Romaine ne ſçauroit déſapprou-
ver la vigilance du Souverain, qui en ſes païs ne veut
point, que des Mulets deviennent Prêtres, Moines ou
Curés.

* Prêtre de l'Oratoire; v. ſes Lettr. critiq.
** Il eſt ſingulier, autant qu'il eſt vrai, que ſans des Langues mortes, les vivants ne ſçauroient devenir ni bons
Théologiens, ni bons Medecins, ni bons Jurisconſultes,
ni bons Hiſtoriens.

Curés. L'ignorance du Clergé rend le Clergé mé-
prifable ou ridicule, & la honte en rejaillit fur qui?
Non fur le Clergé ignorant, qui veut vivre, mais fur
celui qui devroit l'obliger à étudier, à acquerir des lumieres à fon état indifpenfables.

„Un Prêtre d'Allemagne a été fi ignorant, qu'il
„bâptifa, *in nomine patria, filia & fpiritua fanɛta.*
„Ne croyez pas que ce foit un Conte, fait à plaifir;
„cela eft très-ferieux, & on difputa long tems, fi le
„Baptême étoit valable. Le Pape Zacharie, qui étoit
„alors fur le St. Siége, decida pour l'affirmative, ayant
„égard à l'intention, qui étoit bonne. “

Voilà ce qu'on lit, dans un livre imprimé à Paris, *
avec privilége du Roi. Ce fut un Membre de l'Academie françoife, qui fauva de l'oubli cette Anecdote
theologique, à l'honneur de l'Allemagne. Il feroit
aifé d'ajouter des preuves plus recentes de la craffe
ignorance du Clergé, fi le Public avoit befoin de preuves pareilles.

Finiffons cette Babiole, par une reflexion ferieufe,
que les Théologiens, les plus portés pour les Ordres
religieux, ne trouveront ni hérétique ni condamnable.

N'eft-il pas vrai, que ce qu'on appelle *le Noviciat,*
n'a été inventé & introduit, que pour s'affeurer de la
réelle & conftante volonté, de la folide difpofition, &
de la parfaite capacité, en un mot, de la vraye vocation de quiconque fe prefente, pour être reçu en
quelque Ordre religieux?

N'eft-il pas vrai, qu'en préfque tous les Ordres, le
Noviciat eft extrémement rude, quoiqu'il ne foit pas
d'une longue durée?

N'eft

---

* Carpentariana, ou Remarques d'Hift. &c. de Mr. Char-
pentier, impr. à Paris en 1724. avec Privilege du Roi, daté
du 7 d'Oɛt. 1723. Le Maitre des Sentences rapporta ce fait
L. 4. Sent. dift. 6.

N'eſt-il pas vrai, que bien de jeunes inconſiderés perdent dans le Noviciat l'envie de ſe faire Religieux, quittent le couvent, & rentrent dans le Monde?

N'eſt-il pas vrai enfin, que d'autres ſupportent les rigueurs du Noviciat, & font les vœux avec une édification admirable; mais au bout de quelques années, rompent ces mêmes vœux, & prouvent par là, qu'ils n'eurent jamais cette vocation, d'abord en eux ſi apparente?

A toutes ces queſtions, on ne ſçauroit repondre qu'affirmativement, je penſe.   L'Eſprit de l'Egliſe exige donc, que les Ordres religieux ne ſe preſſent pas de recevoir les vœux de leurs Novices.   Au lieu de les tourmenter & d'éprouver leur patience & leur obéïſſance, comme on fait communément, on devroit impoſer à ces Candidats de Capuchons, la Loi generale de faire des preuves de ſciences, & de ſçavoir théologique. *   Pour entrer en certains Chapitres & en certains Ordres militaires, il faut faire des preuves de nobleſſe.   Pourquoi diſpenſer les Novices de faire des preuves d'un ſçavoir, ſans lequel ils ne ſeront jamais Théologiens? Tout Prêtre cependant devroit être Théologien, & grand Théologien même.

Les bornes, que je me ſuis préſcrites, m'impoſent ici un ſilence judicieux.   Toutefois j'exhorte très-reſpectueuſement tous les Souverains du Monde, de faire en ſorte, que *Monachus & Homo trilinguis* devienne enfin un *Pléonasme decidé*, ſuivant l'expreſſion du bon *Houdart de la Motte.*

Pour finir cette Babiole, à l'exemple de *Déspreaux,* *par un trait de Satire,* je rapporterai ici une Anecdote

---

* Il ſuffit de ſçavoir le Latin, pour devenir Moine ou Prêtre. Le Latin barbare régne le plus dans la Théologie, & parmi le Clergé. Le Pére *Maffei* J. aimoit tellement la belle Latinité, que de peur de l'altérer, il demanda au Pape la permiſſion de dire ſon Breviaire en grec.

dote ecclefiaftique, qui regarde la France & l'Angleterre à la fois. „Entre les Evêques de Durham, il y
„en a eu un nommé *Louis*, de la Race des Rois de
„France & de Sicile, qui étoit d'une fi profonde igno-
„rance, que bien loin d'entendre le Latin, il ne fça-
„voit ni le prononcer ni le lire. Lorsqu'il fut confa-
„cré, & qu'il fallut prononcer le mot *Metropoliticæ*,
„il ne pût jamais le faire: après s'être bien tourmenté,
„il fe tira de ce mauvais pas, par ces trois mots fran-
„çois: *Seit pur dite*, c'eft à dire: *tenez-le pour dit.*
„Une autre fois, en donnant les Ordres, il fe trouva
„dans le même embarras, quand il fallut prononcer ces
„deux mots, *in ænigmate*, & n'en pouvant fortir, il
„s'écria en colére: *Par feynt Lowis, il ne fu pas*
„*curteis, qui cefte parole ici efcrit.* Par faint Louis,
„celui qui écrivit ces paroles, n'étoit point civil."

       Biblioth. univerf. & hiftor. de l'année 1692.
     Janv. T. 22. p. 93 & 94.

Le Lecteur, friand d'Anecdotes pareilles en trouvera
dans le Livre, qui a pour titre: Idée d'un bon Ecclefiaftique &c. par *Meffire Adrian Bourdoife* d'heureufe
memoire, Prêtre de la Communauté du Chardonnet;
Chap. des Prêtres.

DIATRIBE
PHILOLOGIQUE,

SUR

LES MAITRES

DES LANGUES.

L'intolérable indifference qu'on affecte d'avoir, presque par tout, pour ces Savants, qu'on appelle *Maitres des Langues*, engage mon équité à publier, en leur faveur, cette Diatribe philologique. Dès mon enfance la plus tendre, je souffris, en voyant méprifer un Mortel, qu'on nommoit *Maitre de Langue!* Je confesse, que féduit par le Titre impofant, je m'imaginai, que le Maitre d'une Langue en étoit le maitre, comme un Prince l'eft de fa Principauté, Qu'il pouvoit l'embellir ou l'enlaidir; l'enrichir ou l'appauvrir; l'étendre ou la retrécir, fuivant fon BON PLAISIR, c'eft à dire felon fes caprices. Ce ne fut qu'à l'âge de douze ans, que j'appris comme quoi un Maitre de Langue n'eft que l'efclave de cette Langue, qui le nourrit maigrement, auffi long tems qu'il trouve le moyen de l'enfeigner, à un certain nombre de difciples.

On connoit le pouvoir de nos premieres impreffions : Ainfi on excufera, j'efpére, la foibleffe, que je nourris encore, pour ces Savants infortunés, que le Public neglige, parce qu'à bon marché, ils enfeignent des Langues modernes. Pour m'oppofer à cette injuftice, avec quelque fuccès, je prie mes Lecteurs de confiderer d'abord, que le Pére du Genre humain, notre Pére général, fut Maitre de Langue! Nous fommes tous, fans exception, Enfants & Defcendants du premier Maitre de Langue; de l'unique vrai Maitre de Langue, authorifé à la créer, authorifé à l'enfeigner, par le Créateur

teur du Ciel & de la Terre, par l'Auteur de la Nature. Nous convient-il, après celà, à méprifer les
Maitres de Langues?

Je n'ignore point, que de grands Docteurs foutiennent, que Dieu lui même eft l'unique & le veritable
Maitre de Langue. Que toutes les Langues mortes &
vivantes, connues ou inconnues, doivent, comme nous,
leur origine à l'Etérnel. Ces Docteurs, dans un certain fens, ont raifon fans doute. Mais ils me permet-
tront, je penfe, qu'à leurs conjectures, je préfére des
faits rapportés par Moïfe. En créant Adam homme,
& homme fociable, Dieu, felon fa fageffe, lui donna
la faculté de penfer & d'exprimer fes penfées. Dieu
ne devint pas pour cela le Maitre d'Ecole de fa Créature. Adam n'apprit point de Dieu la Langue Chal-
daïque ou l'Hebreu, comme Caïn l'apprit & d'Adam &
d'Eve. * „L'Eternel Dieu avoit formé de la Terre tou-
„tes les bêtes des champs, & tous les oifeaux des Cieux;
„puis il les avoit fait venir vers Adam. *afin qu'il vît,*
„*comment il les nommeroit, & afin que le nom*
„*qu'Adam donneroit à tout animal fut fon nom: &*
„*Adam donna les noms à tout le betail & aux*
„*oifeaux des Cieux & à toutes les bêtes des champs.*„
Gen. II. v. 19 & 20.

Dieu ne mit donc pas tous les mots de la Langue primitive dans la bouche d'Adam. Ce fut Adam, qui
doué de la faculté de parler, l'exerça, felon fon jugement & fuivant fes idées, en donnant des noms aux
Creatures de l'Eternel.

Quel-

---

* Les Savants n'ont point encore determiné, fi le Chaldaï-
que ou l'Hébreu, le Syriaque ou l'Arabe eut l'honneur
d'être la Langue originale & primitive. *Erpenius,* Prof.
en Langue Arabe, à Leïde, laiffe la chofe indecife, *fub ju-*
dice; in Orat. de Ling. Hebr. Si j'étois favant, je decerne-
rois cet honneur à l'Hébreu ancien, par des raifons, qu'ici
je n'oferois deduire dans une Babiole.

Quelque opinion qu'on embraſſe là deſſus, le premier Maitre de Langue ſera toujours très-reſpectable. Du moins on conviendra, qu'Adam eut l'honneur d'enſeigner à ſa chere Eve, la Langue originale & primitive. Aſſurons nous, qu'étant ſa femme, Eve ne manqua point de le reformer & de le corriger, ſur la rudeſſe de ſa Langue. A peine cette Langue a un ſeul mot de deux ſyllabes, qui ne ſoit évidemment compoſé de deux mots, qui avoient chacun ſéparément leur ſens particulier. Il eſt donc très-vraiſemblable, que l'oreille delicate de notre commune Mere, ne pouvant plus ſupporter le choc rebutant des Monoſyllabes, dont la Langue étoit originairement remplie : Eve s'aviſa ſagement d'inventer les Polyſyllabes. Il faut croire, que les filles d'Eve rencherirent à l'envi ſur l'invention maternelle. Peut-on en douter un moment, quand on conſidére, que ces filles, peu à peu, commencerent à s'habiller?

A moins qu'on ne prenne ici le parti affreux de mettre l'Hiſtoire de Moïſe au rang des Fables anciennes, il eſt évident, que les fils d'Adam furent Maitres de Langue, & les filles Maitreſſes de Langue, & tout cela au pié de la lettre.

Les Partiſans des *Idées innées* ont la bonté d'avancer, qu'Adam avoit des *Idées innées*, avec un *Langage inné*, pour communiquer ces Idées *innées*. Je doute beaucoup que j'aye une ſeule Idée *innée*. Je ſuis convaincu, que je n'ai aucun Langage *innée*. A coup ſeur, je l'aurois pourtant, ſi Père Adam l'eût eu, ſelon la doctrine des Philoſophes *Anti-Lockes*. Le Péché originel . . . . pardon, je m'égare ; retournons à nos Moutons, c'eſt à dire à nos Maitres de Langue.

Le Bon-Sens refuſe tout net ce titre arrogant & déſpotique à tout Etre vivant, de quelque rang qu'il ſoit en ce Monde cauſtique & bizarre. L'Empereur *Sigismond*, ſe voyant le Maitre du St. Empire Romain, voulut s'ériger auſſi en Maitre de Langue. Le Monar-

Tome III.　　　　　　　F　　　　　　　que

.que fut la dupe de cette ambition ſcholaſtique. Jamais
les Pédants ne voulurent lui accorder le plaiſir de regner
en Souverain ſur *le Schiſme*, & de le forcer à changer
de ſexe. * Selon moi, ce n'eſt que *le Tems*, qui, vainqueur de l'Uſage, pourroit s'arroger le Titre de Maitre
des Langues vivantes. J'inonderois d'un Déluge de
preuves, quiconque auroit le front de me contredire
ſur cet article. Par reſpeƈt pour mes Leƈteurs, je ne
citerai qu'un petit paſſage, tiré de la *Reqûete des
Diƈtionnaires;* le voici:

> Ils veulent, malgré la raiſon,
> Qu'on diſe aujourd'huy *la poiſon*,
> *Une Epitaphe, une Epigramme,*
> *Une Navire, une Anagramme,*
> *Une reproche, une Duché,*
> *Une menſonge, une Evéché.*

Cette Requête de la fabrique du doƈte *Menage*,
contre les Puriſtes, fût imprimée en 1649. Menage ne
s'y plaint, ni des Monarques de la France ni de ſes Maitres de Langue. Le Tems ne ſe ſert jamais d'eux.
Au contraire, il ſe mocqueroit d'eux, s'ils s'aviſoient
de vouloir altérer le Langage établi. Le Tems y employe tantôt le Beau Monde, & tantôt la Populace la
plus vile. „Par exemple, aſſez peu de gens ſcavent
„pourquoi on ne dit plus en François *ſeptante, hui-
„tante, nonante,* & les Etrangers s'étonnent de
„l'étrange Periphraſe que l'on employe, pour ex-
„primer ces nombres. En voici l'origine, c'eſt que
„les porte-faix, les coupeurs de bois, les laquais,
„les ſervantes, & autres gens de cette ſorte, ne ſavent
„compter que juſqu'à ſoixante. Ils recommencent là
　　　　　　　　　　　　　　　　　　　à com-

* L'Empereur, malgré toute ſa Majeſté imperiale, ſe trouva
dans l'impuiſſance de *feminiſer le Schiſme*, ſi digne d'être
feminiſé!

„à compter *un, deux, trois, &c.* jusqu'à vingt, &
„lisent *quatre-vingt, cent, six-vingt,* après quoi
„ils recommencent de nouveau par *un.* Les enfants
„des meilleures maisons, qui apprennent à parler avec
„les laquais & les servantes, & qui n'étudient jamais
„leur langue, aumoins pour la pluspart, ont peu à peu
„introduit ce Langage ridicule en soi même, mais si au-
„torifé par l'usage, qu'on ne peut parler autrement.
„S'il y avoit parmis nous des Ecoles, où l'on apprît à
„parler François, cela ne seroit jamais arrivé. "

C'est au celebre *J. le Clerc,* * que je dois cette remarque. On defie l'Academie françoise d'opérer quelque Miracle, approchant de celui des porte-faix, des
coupeurs de bois, des laquais & des servantes.
L'Academie françoise, cette Academie de *Mots,* naturellement devroit être *Maitresse de la Langue Françoise.* C'est cependant à quoi elle n'aspire point. Elle
se contente d'en être la Conservatrice & la Surveillante,
contre l'intention du Cardinal de Richelieu.

Dans le Monde entier, il n'est plus de Maitre de
Langue, & il n'en viendra plus. Partout, le petit
peuple, les gens de metier, & les Artistes d'un coté,
les Dames & les Cavaliers d'un autre, font les arbi-
tres suprêmes des Langues. Les personnages, qui les
enseignent, doivent imiter la modestie des Savants, qui
enseignent les Langues Orientales, & se contentent mo-
destement d'être *Professeurs* en Langues orientales. Ils
se croiroient insultés, si quelqu'un les appelloit *Maitres*
de Langues.

On me dira que le mot de *Maitre* répond parfaitement au *Magister* des Romains. A leur exemple, en
effet, nous abusons très-comiquement de ce terme.
Consultez quelque ample Dictionnaire Latin, & tout de
suite quelque ample Dictionnaire François: vous trou-

F 2   verez

* v. Biblioth. univerf. & hiftor. de l'année 1689. T. XV.
    p. 363.

verez les deux articles fort divertiffants: chofe qui n'eſt pas fort ordinaire à ces Livres de fecours.

Mais, de grace, *ſi Maitre* répond ſi exactement à *Magiſter:* d'où vient que ce mot latin s'eſt fourré dans la Langue françoife? N' appelle - t- on point en France *Magiſter,* l'homme de bien, qui, dans quelque villa-ge tient une Ecole publique? Dans les Païs proteſtants, quelques Théologiens, avides de titres impoſants au vulgaire, prennent aux Univerſités le grade de *Magi-ſter,* declinant celui de Docteur, par pure modeſtie. Pluſieurs Ordres religieux, & nommément les R. R. P. P. Jefuites, ont des *Magiſtres,* qui, *gratis* enfei-gnent le Gréc & le Latin, & par cette raifon précife-ment fe décorent de ce titre. Ils l'abandonnent, auſſi tôt qu'ils ceſſent d'inſtruire les écoliers. C'eſt alors qu'ordinairement ils s'adonnent le plus à l'étude des langues, fans fe dire Maitres *de* langues. Ils n'afpi-rent qu'à fe rendre maitres *en* langues; cette difference eſt notable.

En écrivant cette Diatribe, j'ai devant les yeux les deux livres de *Suétone,* fur les *illuſtres Grammai-riens.* * Selon l'idée que je m'en fais, c'étoient d'ha-biles Critiques. Ils poſſedoient les langues, & les en-feignoient; mais il n'en étoient pas les Maitres, *non linguarum Domini.* Si dans les premiers tems belli-queux de Rome, ils ne furent point dans une haute con-fideration; ils feûrent y parvenir enfuite. Je ne con-nois point de *Suétone moderne,* dont nous euſſions quelque livre fur nos *illuſtres Maitres de Langues. Verrius Flaccus,* fils d'un Affranchi, devint célébre, par fa méthode d'enfeigner, *docendi genere,* dit *Sué-tone.* Verrius jouit d'une belle penfion annuëlle; & on lui érigea une Statuë à *Préneſte.* Je voudrois avoir

la

---

* Les Amateurs, dans ce goût, trouveront là deſſus une Ba-biole dans l'Hiſt. de l'Acad. des Infcript. T. IV. p. 311. Ed. d'Amſt.

la Statuë de ce Grammairien, pour la faire baiſer à nos
Maitres de Langues.   Au bon *Veneroni*, je dois une
grande partie du peu d'Italien que je ſçai.   Je voudrois, non lui ériger une Statuë, mais trouver un Article honorable à ſes Manes, en quelque Dictionnaire
hiſtorique.   J'ai cherché: peine perduë.   Je trouve
dans l'Hiſtoire les noms des Rhéteurs & des Orateurs,
qui enſeignerent le *Latin*, aux anciens Empereurs *Romains*, quoique le Latin fût leur langue maternelle:
On ignore le nom du Rhéteur, qui enſeigna le François
à Charles XII. Roi de Suede, de querelleuſe memoire,
qui ne vouloit jamais *parler François*.

Les Ecrivains françois ne manquent guere l'occaſion de remarquer, que leur langue eſt déjà la Langue
univerſelle de l'Europe; & que même elle y ſupplante
la langue Latine. „Les Allemands, *dit un Bel-Eſprit* *
„*Chanoine*, les Allemands ont voulu avoir en leur lan-
„gue beaucoup d'ouvrages des bons Poëtes François,
„quoique ces traductions leur fuſſent moins néceſſaires
„qu'à d'autres, d'autant *qu'ils font l'honneur à notre
„langue de la parler très-communément.*   Il eſt
„même très-commun, qu'ils s'écrivent entre-eux en
„François, & pluſieurs Princes ſe ſervent de cette langue,
„pour entretenir la correſpondance avec leurs Miniſtres,
„bien que les uns & les autres ſoient nés Allemands.
„En Hollande toutes les perſonnes, qui ont quelque edu-
„cation, ſçavent parler François dès leur jeuneſſe. *L'Etat
„ſe ſert de cette Langue* en pluſieurs occaſions, & il
„applique même ſon *grand Sceau* à des Actes redigés
„en François. “

„La Langue Françoiſe, *dit * l'illuſtre M. de Vol-
„taire*, eſt de toutes les langues, celle qui exprime avec

F 3

le plus

---

* M. l'Abbé du Bos en ſes Reflexions critiq. ſur la Poëſ. &
ſur la Peint. T. II. p. 235. Edit. d'Utrecht. 1732.
** Eſſai ſur l'Hiſt. Gener. Ch. 205. Ajoutons que cette langue
a cela de commode, qu'elle diſpenſe certaines Nations d'employer

„le plus de facilité, de netteté & de delicateffe tous les
„objets de la converfation des honnêtes gens; & par-
„là elle contribue dans toute l'Europe à un des plus
„grands agréments de la vie. "

Ce font là des verités, dont tout le monde tombe
d'accord. Les Gens de Lettres fouhaitteroient fort, que
la Langue angloife fit le même progrès; & les Gens du
Monde feroient charmés, que la Langue italienne eût la
même deftinée.

Les François & les Anglois rendent aujourd'huy
prefque juftice au merite de la Langue allemande. Il
paroit enfin, que l'Amour national commence à s'hu-
manifer, *par rapport aux Langues*, & fans aucun pré-
judice aux haines nationales & mutuelles; en depit
de la vilaine Difcorde, le goût des lettres & du fçavoir
opére des Miracles. On lit & on traduit des livres françois à Londres. On lit & on traduit des livres anglois
en France; tandis que ces deux Nations cherchent à
s'entre-déraciner en Allemagne & en Amerique. Pour
faire des Alliances, des Traités, des chicanes & des
guerres; pour remettre en paix des Nations diverfes;
il faut abfolument des Négociateurs, qui entendent parfaitement, & pour le moins, deux ou trois langues ufi-
tées. Que deviendroit le Commerce, le foutien de
l'Europe, fans la connoiffance des langues? Je battrois,
comme on dit, la campagne, fi je perdois encore un
mot, à prouver que le Monde a befoin d'une multitude
de gens experts, qui poffédent des langues, & connoiffent la force de leurs expreffions differentes. Ajoutons
que certaines Cours ne fçauroient fe paffer de Truche-
ments

ployer de longues Periphrafes. Par cette raifon les Allemands, p. e. même fur des lettres écrites en Allemand, met-
tent des adreffes françoifes. En Boheme & en Hongrie,
j'ai vû arriver & partir des lettres & des paquets, fous des
adreffes françoifes. La même chofe fe practique à Con-
ftantinople. En fon Fauxbourg, *Pera*, on parle le François,
comme au Fauxbourg de St. Germain.

ments ou d'Interprètes. Pour rendre la chose encore plus fensible, difons que la République des fept Provinces unies feroit bientôt abimée, fi quelque Démon en fçavoit bannir la connoiffance de la Langue françoife.

Mais peut-on faire l'éloge de la pluralité des langues, fans infinuer la neceffité abfoluë de gens capables d'enfeigner les langues? Cette neceffité doit fauter aux yeux; & par confequent devenir un objet, pour la faine Politique.

Les Politiques fe mocqueront de moi. Ils diront, que, fans qu'il en coute un liard à l'Etat, toutes les bonnes villes ont des Maîtres de langue, & quelquefois même en abondance.

Difcours d'avare Financier, & non de bon Politique. Il importe à la bonne Police, non feulement de fixer le nombre de ceux qui enfeignent, mais encore d'examiner leurs mœurs, leurs talents & leurs connoiffances. C'eft de quoi on ne s'embaraffe guere. Communément on livre la Jeuneffe à la difcretion de quelques Etrangers inconnus, qui, faute d'autre moyen de vivre, s'érigent en Maîtres de langues. Souvent ce ne font que des Maîtres fripons. Ils volent à leurs Ecoliers leur argent; ce n'eft rien: ils volent à ces Enfants un tems précieux & irréparable. Voilà le grand Mal, auquel la Police doit remedier. Ce n'eft pas tout: un méchant Maître de langue eft fujet à ruiner pour jamais la Fortune d'un jeune homme, auquel il donne un méchant accent, auquel il imprime de mauvaifes conftruétions & de façons baffes de parler, pour n'en pas dire d'avantage. La chofe eft très-ferieufe, puifqu'on peut aifement gater un enfant, au point de le rendre incapable de parler jamais bien Langue quelconque.

Le François étant aujourd'huy le langage univerfel, qu'il ne faut plus ignorer, & qu'on doit poffeder, même affez parfaitement, dès qu'on fonge à monter fur le Théatre du grande Monde: il ne s'agira ici, que de ceux qui enfeignent le François, hors de la France. Je

le

le repete, ils doivent être examinés, par des Juges com-
petants, enfuite établis par quelque Authorité publique,
fur le pié de Profeſſeurs en Langue Françoiſe.* Qu'on
laiſſe, fur eux tous, le rang aux Profeſſeurs en Langues
Orientales: pourvû qu'on rende de quelque façon re-
ſpeⅽfables, ceux qui doivent inſtruire la Jeuneſſe en des
Langues Européennes. Impunément on oſe mal parler
toutes les langues vivantes, excepté la Langue maternelle & la Langue françoiſe. Au fond du Nord, j'ai
vû des Norvégeois, qui, malgré leurs rangs élevés, ſe
faiſoient mocquer d'eux, en eſtropiant le François; ils
auroient dû, *diſoit-on*, mieux l'apprendre. A Londres,
on ne rit point d'un Etranger qui écorche l'Anglois:
c'eſt lorſqu'il écorche le François, qu'on ſe rit de lui
ſans miſéricorde. La même choſe arrive en Allemagne
& en Italie. Tranchons le mot, en faveur de la Jeuneſſe; on ne fait plus fortune en nos jours, à moins
qu'on ne ſçache le François. On ſuppoſe mal élevé,
quiconque ignore cette Langue. On conçoit une mauvaiſe opinion de ſon ſçavoir & de ſa capacité, quoique
rien ne ſoit plus injuſte, rien ne ſoit plus criant. Pour
comble de malheur, on ſe rend ou mépriſable ou ridicule, lorſque dans quelque bon Poſte, on s'énonce mal,
on prononce mal, on cherche dans ſa memoire les mots
ou les termes d'une Langue ſi univerſelle. Je ne conſeil-
lerois point à un Prince d'envoyer, par exemple, à la
Haye, un Miniſtre ignorant le François. Il ſerviroit
peu ſa Cour, & joueroit une rôle bien inſipide, parmi
les autres Miniſtres ſes Collégues.

Le Beau Sexe contribue infiniment au triomphe de
la Langue françoiſe. Veut-on frequenter les Belles? Il
faut ſçavoir les Jeux & les Langues de commmerce.
Jouez vous mal? on vous le pardonne; pourvû que
vous y perdiez tout ſeul. Parlez vous mal? on dou-

tera

---

* Le ſage Monarque des Danois vient d'en donner, dit-on,
un judicieux Exemple.

tera que vous foyez un homme de quelque chofe. On trouvera votre converfation fatiguante. On vous évitera peutêtre, de crainte que vous ne lachiez quelque platitude. Une Demoifelle, nullement riche, réfufa la main d'un Seigneur riche & très - aimable, uniquement parce qu'il ne fçavoit pas le François. ,,Je ne ,,veux point de lui, dit la Belle indignée; Si ce beau ,,Monfieur ne fçavoit pas fa langue maternelle, il feroit ,,obligé de m'aboyer, ainfi qu'un Dogue.‟ Le mépris eft encore fupportable, quand on a la confolation de le rendre. Le Ridicule, que les femmes jettent fur nous, eft, de tous les cotés, abominable. Il faut déferter de la Ville, où les femmes nous régalent de quelque Sobriquet. Les jeunes gens s'y expofent, dans le beau Monde, quand il n'en fçavent point le langage. Prouvons le fait, par un Conte plaifant, digne de finir cette Diatribe philologique. Un Seigneur Polonois, d'une maifon illuftre & d'un merite diftingué, dina à Londres chez Milord ***. Au déffert, Milady fit l'éloge du Roi, & en rapporta quelques actions très-glorieufes à ce Monarque. Le Seigneur Polonois en fut vivement penetré. Il fe verfa une rafade, & porta, à Milady, la fanté de Sa Majefté *Brittannoife*. Milady tint bonne contenance; fit raifon; &, à fon tour, elle porta au Polonois la fanté de Sa Majefté *Polonnique*. Le bon Piaft en reçut le Sobriquet de *Majefté Polonnique*, & ce Sobriquet le fit bientôt décamper de l'Angleterre.

S C R I P S I.

QUESTION
A
FAIRE
AUX
R. R. P. P. JESUITES.

Oseroit-on demander à la Compagnie de Jesus, à cette societé, si feconde en rares Savants, & en Gens de Belles-Lettres, d'où vient que le Public ne connoit point un feul Jesuite, bon Poëte en fa Langue maternelle ?

En tous fes Colléges, la Societé fait enfeigner la Poëtique. Il n'eft point de Pére Jefuite, qui ne foit en état de faire aumoins quelques bons Vers latins : cependant fur le Parnaffe, on ne connoit point de Loyolite, qui fe foit diftingué, en qualité de Poëte, dans quelque langue vivante que ce foit. N'eft ce point beaucoup dire ? *

La Remarque merite quelque attention, & la chofe eft d'autant plus furprenante, que le Fondateur, Inftituteur & premier Général de la Societé, a été réellement Poëte en fa langue.

Dom Inigo de Loyola, quoique Militaire de profeffion, avoit fait, *en Langue Caftillane*, un Poëme en l'honneur de l'Apôtre St. Pierre. Sans ce Poëme merveilleux, Dom Inigo feroit mort de fes bleffures, & n'auroit

roit

* En fon Temple du Goût, M. de *Voltaire* affeura pourtant, que les *Jefuites ont toujours reuffi* dans l'Eloquence & *dans la Poëfie*. Compliment poëtique, fait à la Societé par politeffe ; ce Compliment a été fupprimé dans la 2 Edit. du Temple.

roit jamais inftitué fon Ordre. Les Jefuites n'exifteroient point, fans ce Poëme! Mortellement bleffé, dans
la Citadelle de Pampelune, * où il eut la jambe droite
caffée, par un coup de canon, Inigo penfa périr, malgré les foins de fes Chirurgiens, qui declarérent, que fans
un Miracle, le malade ne pafferoit pas la nuit. C'étoit
la veille des bienheureux Apôtres St. Pierre & St. Paul.
Qu'arriva-t-il? Le malade s'endormit, en penfant à
St. Pierre. Le malade réva, que St. Pierre, pour le re-
compenfer des louanges qu'il lui avoit données, le
guériffoit de fa main. Ce fonge fit une impreffion fi,
admirable fur le malade, qu'à fon reveil, on le trouva
hors de danger. Ses douleurs cefférent, & fes forces
revinrent tout à coup.

L'Hiftoire apprend, qu'Inigo, encore obligé de gar-
der le lit, s'ennuyoit mortellement de fon inaction ;
que demandant quelque Livre, on lui apporta, faute
d'autres, la *Fleur des Saints*, en Langue Caftillane;
que ce Livre lui infpira le projet de changer de vie ;
et qu'enfin il devint le Fondateur de fon Ordre, fi fa-
vaut & fi réfpectable.

L'Hiftoire ne nous dit pas, fi depuis cette guerifon
miraculeufe, Inigo fit d'autres Poëmes. Mais l'Hiftoire litteraire nous laiffe deviner, que le Poëme fur St.
Pierre, même en Efpagne, n'eft guére plus connu; &,
s'il a jamais été traduit, foit en vers, foit en profe,
cette Traduction, du moins au Public, s'eft toujours
foigneufement cachée.

La deffus il eft à croire, que le Poëme de St. Ignace ne doit pas avoir été un Chéf d'œuvre en fon efpéce.
N'importe; il devroit toujours engager la Société à
cherir la Poëfie. Néantmoins il eft conftant, je le repete, que dans l'Europe entiére, les Jefuites enfeignent la
Poëtique ; & n'ont point encore un feul Jefuite à
nommer, qui ait été bon Poëte, en fa propre langue.

Qu'on

---

* Pampelune, Capitale de la Navarre, affiegée par les François en 1521.

Qu'on 'n' objecte point, que ces Péres, épris des langues mortes, méprifent la chétive gloire d'être Poëtes en langues vulgaires. * Ils ne fe mêlent que trop du metier, en depit de Minerve. On n'exige point d'eux, qu'ils fourniffent à l'Europe d'excellents Poëtes, en langues vivantes. Mais on ofe les avertir, que les Poëfies qu'ils publient de tems en tems, ne font point honneur à la Societé. Par eftime pour elle, on fe difpenfe de prouver les chofes papier fur table.

Il ne s'agira donc ici, que de quelques Jefuites françois, qui, d'ailleurs gens très-eftimables, tenterent en vain de briller fur leur Parnaffe.

Le P. *Pétau*, en marchant, ou en fe promenant, traduifoit en vers, mais en vers grécs, les Pfeaumes de David, Traduction dont le celebre *Hugo Grotius* étoit enchanté, dit-on. Cependant le P. Pétau refufa de traduire en vers françois je ne fçai plus quel Pfeaume, que la Reine Chriftine lui demanda. Sans un bon nombre de grands Poëtes latins, comme p. e. *Vallius Sidronius Sarbiévius*, le P. *Rapin*, le P. *Vavaffeur*, le P. *la Sante, Commire, la Ruë, Vaniere, Porée*, &c. on diroit, qu' Apollon auroit juré par le Styx, de ne jamais favorifer les Enfants de St. Ignace.

Pierre le Moine, né en 1602. & décédé en 1671. fut *le premier Jefuite*, qui s'acquit *quelque* reputation, par des Poëfies françoifes. * Le plus confiderable de tous fes Poëmes fut fa *Louïfiade*, fon *Saint Louïs*, ou *la Couronne réconquife fur les Infidéles*. Le fujet étoit riche pour un François, Jefuite. Mais l'Auteur, doué d'une imagination prodigieufe, ne réuffit que mal; n'ayant

---

.* Le favant P. Pétau étoit dans le cas peutêtre. Ses Mufes grécques & latines l'empechoient d'être Poëte françois. Auroit-il pû fe flatter d'être également fort, en trois langues fi differentes?

* V. le Diction. hift. & portat. de M. Ladvocat, Art. le Moine, Edit. de la Haye.

n'ayant ni goût, ni connoiſſance du Génie de ſa Langue. Envain à Paris on imprima en 1671. d'abord après le decès de ce Pére, toutes ſes Poëſies *in folio : Le Public obſtiné* trompa l'eſpoir de l'Editeur & du Libraire *in folio.*

Le P. *Rapin* * prétendit néantmoins, que le Poëme de ſon Confrere le Moine ſurpaſſoit, en belle Poëſie, tous les Poëmes de la France. *Deſpréaux* ne fut pas trop de cet avis. Interrogé, pour quoi, dans ſon Art Poëtique ou ailleurs, il n'avoit jamais dit le moindre mot du P. le Moine? Deſpréaux repondit en galanthomme, (& ſur le ton de Pierre *Corneille*, au ſujet du Cardinal de Richelieu :)

> *Il s'eſt trop élévé, pour en dire du mal :*
> *Il s'eſt trop égaré, pour en dire du bien.**

Le Pére *Coſſart*, mort à Paris en 1674. ſacrifia, dit - on, aux Muſes françoiſes, avec moins de ſuccès encore. Le P. *de la Ruë* eut beau publier en 1675. le Recueil des Oraiſons & des Vers du P. Coſſart : en 1723. on eut beau réimprimer à Paris ce même Recueil : *Le Public obſtiné* lui refuſa toujours ſon ſuffrage.

Cette obſtination du Public *en France*, envers des Membres de la Societé, appuyés & approuvés par des Matadors, protecteurs de la Societé, donne un poids conſidérable à la Théſe. Aumoins, ſelon toutes les régles de la Juriſprudence, c'eſt maintenant à cette Societé, à nommer de grands Poëtes de ſon Ordre, ſi cet Ordre prétend d'avoir eu en ſon ſein de grands Poëtes.

Jean Antoine du Cerceau naquit à Paris en 1670. avec une demangeaiſon de rimer inexprimable. Elle ne l'empecha point de ſe faire Jeſuite. Il ne pouvoit ignorer,

---

** Le P. Mambrun, autre Jeſuite, écrivit un Traité du Poëme Epique, contre le Poëme de St. Louis. V. Carpentariana, p. 178.

* V. le Recueil des plus belles Piec. des Poët. Franç. depuis Villon juſqu'à Benſerade.

ignorer, qu'en cet Ordre, on ne faifoit pas fortune au Parnaffe natal. Apparemment il fe flatta de rompre le Charme. Imitateur affecté de *Marot*, il publia un gros Recueil de minces Poëfies, qui trouverent des admirateurs. Même le Secretaire perpetuel d'une Academie Royale, on ne fçait comment, a recommandé l'acquifition de ce Tréfor poëtique, à quiconque voudroit fe former une petite Bibliothéque choifie. Toutefois, malgré fon *Meſſager du Mans*; malgré fes *Pincettes*; malgré fes *petits Patés*, honnêtement faupoudrés de Sel antique, felon l'expreffion d'un *Louangeur*; Le Pére du Cerceau, quoique eftimé de tous les gens de bien, n'eut pas le bonheur de paroitre Poëte. On le rangea dans la claffe ignoble des Rimeurs fubalternes. Son *Enfant prodigue* parût fur tout detéftablement maufade, lorfque l'Enfant prodigue de M. de *Voltaire* monta fur le Théatre, quoique imprimé, d'abord, fans nom d'auteur.

Enfuite le Public fut étrangement furpris de voir imprimé, à Paris même, un Livre intitulé: „*Reflexions* „*fur la Poëfie*, où l'on fait voir, *en quoi confifte la* „*beauté des Vers*, & où l'on donne *des Régles fûres* „pour reuffir à les bien faire, &c. &c. &c. par le R. P. „du Cerceau." L'Editeur de cet Ouvrage pofthume affeure, en ftile d'Editeur, que l'Auteur paffe *fans con-* „*tredit*, pour un des meilleurs Poëtes (Jefuites auroit-on „dû ajouter,) & dont les ouvrages dans ce genre, feront „toujours le plaifir & l'amufement des gens de bon „goût. "

Les Gens de bon goût ne font pas trop crédules. Ils conviennent, que dans le Livre mentionné, on trouve des Refléxions, qui ne font ni mauvaifes ni nouvelles. Mais on ne conçoit point, comment un homme d'efprit, tel que le P. du Cerceau, né à Paris en 1670. élevé en cette Capitale; dévenu Jefuite, & mort Jefuite à foixante ans, en 1730. a pû mourir dans le Préjugé
puéril,

puéril, que les Tranſpoſitions ou Inverſions font la beauté de la Poëſie françoiſe!

Ce n'eſt qu'à regret qu'on remuë ici les cendres du R. P. *Brumoy*. Qu'on liſe ſon *Théatre des Grécs:* on ſera convaincu, que ce brave Savant entendoit parfaitement le Théatre. Qu'on liſe ſes Tragédies & ſes Comédies: * on ſera convaincu, qu'il n'entendoit rien moins que notre Théatre. En ſon *Iſac*, Tragédie en cinq Actes, il ſe montre diſciple obéiſſant de l'illuſtre Racine. Tout comme l'Auteur d'Athalie, dès la prémiere Scéne, il ne manque point d'avoir à ſon ſervice, *un ſonge odieux & de triſte préſage*. On prétend cependant, que, dans le fond du cœur, ce Pére n'étoit point *Raciniſte*. Mais dans le beſoin, n'emprunteroit-on pas d'un ennemi même? Au ſecours de ce ſonge préparatif, le P. Brumoy, pour avoir des ſituations critiques, employe des Monologues d'Abraham, des Monologues fort bien écoutés, & très-mal expliqués, qui forment l'intrigue & le nœud de la piéce. On n'y compte que cinq Monologues & bien de petits *à-parté* extrémement commodes pour le Poëte. On y croit, au moyen d'un *qui pro quo*, qu'Abraham le Patriarche, par une haine paternelle, ſonge à maſſacrer ſon fils Iſmael, qu'il veut bien immoler à la rage de la vieille Sara!

Abraham, qui dès qu'il ſe croit ſeul, ſe dit tout à lui même, (on ne ſçait pas trop pourquoi) fait un profond miſtére du Sacrifice prochain d'Iſac. On diroit preſque, qu'il eſt honteux d'avoir reçu un ordre pareil de Dieu même. Auſſi le bon Iſac, inſtruit à la fin de cet ordre, reproche vivement, à ſon pére miſtérieux, un

ſilence

---

* On en trouvera cinq Piéces dans le Tome XII. du Nouv. Theat. franç. imprimé en Hollande. On trouvera dans le premier Tome un Oedipe du P. Follard, J. On ignore ſi ce Pére a fait d'autres ouvrages. Son Oedipe n'a pas fait fortune; c'eſt un fait très-connu.

96

filence pour le fils peu honorable. Il lui dit entre
quatre yeux :

Ce filence obftiné, dont la longueur me bleffe,
A paru m'accufer d'une indigne foibleffe.
Que ne me difiez - vous : Ifac! il faut mourir!
Penfiez - vous qu'à la mort je n'ofafie m'offrir ?

Je revére trop la memoire du P. Brumoy, pour continuer ma Critique. J'ai tant étudié fon Théatre des
Grécs, que je m'imagine d'avoir eu le bonheur d'étudier fous l'Auteur même. Mais Apollon ne veut point,
que je range le P. Brumoy parmi les Poëtes françois.
Admirons les vains efforts de ce favant homme, qui
ne cefla point d'afpirer à ce rang, à force de rimer,
fans pouvoir obtenir cette gloire fi chetive ! Il eft
pourtant vrai, qu'il furpafla le P. du Cerceau, en vers
ainfi qu'en profe.

On diroit en verité, qu'il eft écrit au Livre du Deftin, que la Societé ne fournira point de Poëte en langue maternelle. Il faut efpérer, que ce préjugé fuper-
ftiticux fera bientôt detruit par l'apparition réelle de
quelque Poëme Epique, ou Hiftorique, ou Didactique,
en un mot par quelque Poëme. Comme une Hiron-
delle ne fait pas le Printems, une Piéce de Poëfie
ne fait pas le Poëte. J'ai quelque petite raifon de
me prémunir de cette reflexion triviale. *L'Empé-*
feur des Mufes, le Compilateur delicat des *Penfées in-*
génieufes d'autrui, le Pére *Bouhours*, naturellement
doit avoir dit, de tems en tems, deux mots à l'oreille
à Calliope. Au Public il n'en *confte* rien *légalement*.
Le P. Bouhours cependant, auroit dû être excellent
Poëte françois, fi un Jefuite pouvoit l'être. J'appuye-
rois tout cela d'un Syllogifme en forme, fi les Syllogif-
mes n'étoient pas bannis de notre nouvelle façon de rai-
fonner. Mais cherchons pluftôt des preuves, dans le
giron de la Societé même.

Ribadenaira, Jefuite Efpagnol, en 1608. publia à
Anvers une Bibliotheque des Ecrivains Jefuites. A
Lyon

J Lyon, en 1609. elle fut augmentée de plufieurs Auteurs françois. En 1613. elle fut enrichie de divers Articles fur des Péres Italiens. En 1643. en 1657. nouvelles Editions augmentées. En 1659. le P. *Labbé* donna encore un *Tableau de Jefuites illuftres dans la Republique des Lettres.* En 1662. il accoucha d'une Bibliographie des Ouvrages de la Societé en François, dans le courrant de l'année 1661. & au commencement de l'année fuivante. *

Le P. *Sotwel* publia à Rome en 1676. in folio une fuite bien étoffée de la *Bibliotheque des Ecrivains de la Societé. Le P. Alegambe, le P. Bonanni, le P. Tournemine, le P. Kervillars de Vannes, le P. Hognan,* enfin le P. *Oudin* ** marcherent fucceffivement fur les traces du R. Pére *Pierre Ribadeneira.*

Ne verra-t-on jamais le moindre petit *Catalogue de Jefuites, Poëtes celebres en langues modernes?*

On auroit tort de me citer *Pierre de Villiers,* Auteur de quelques Poëfies françoifes, & même de l'Art de prêcher, Poëme, qui n'eft point abfolument mauvais, quoique abfolument on le néglige. Villiers fe fit Jefuite en 1666; & en 1689. il quitta l'Ordre, pour entrer dans celui de *Cluni* non reformé. La Societé ne citera donc point un Ex-Jefuite. Les Continuateurs

du

---

* On avertit le Lecteur, qu'il ne trouvera point tout ce qu'il vient de lire, touchant ces deux Péres, dans les Dict. hiftoriques : tant il eft vrai, que ces Livres de fecours ne font pas toujours d'un grand fecours, dans la Litterature moderne.

** Ce favant Jefuite, mort à Dijon, a compofé, dit-on, une excellente Hiftoire des Ecrivains de fa Societé. On affeure qu'elle eft bien écrite et remplie d'érudition. V. Dict. portat. de M. Ladvocat. Cet Ouvrage paroitra *dit-il,* inceffamment. Il en eft tems, je penfe, fi l'Auteur *eft mort en* 1652. Ne feroit-ce pas une faute d'impreffion affez comique? le P. Tournemine étant mort en 1739.

du Moréri, dans le fupplement, l'ont pourvû d'un article honorable; mais ils n'ont pas fçû, qu'il avoit été
Jefuite, pendant 23. ans. *

L'Abbé *Desfontaines*, marqua quelque talent pour
la Poëfie françoife, quoique Jefuite, fous le nom de
Pere *Guyot*, fon nom de Famille. Il quitta & l'Ordre
& la Poëfie, pour fe jetter, à corps perdu, dans la Critique, en qualité de Cenfeur-Général de la République
des Lettres.

L'aimable *Greffet*, naquit Poëte françois, fous une
conftellation fi heureufe, que je ne ferois point aujour-
d'huy la queftion, que je fais aux R. R. P. P. Jefuites,
s'ils euffent eu le bonheur de conferver en leur Societé ce Sujet fi eftimable. Greffet les quitta, non fans
des regrets finceres, apparemment, pour fe vouer avec
plus de liberté aux Mufes françoifes. Il fuivit l'exemple fameux du bon *Houdart de la Motte*, qui fortit
de la Trappe, afin de travailler pour le Théatre. Sur
cela, ne diroit-on point, que les Mufes, amies de
la Liberté, abhorrent les Ordres religieux, leurs Colléges & leurs Monaftéres?

Néantmoins le P. *Vaillant*, Jefuite, a produit un
Poëme en XII. Chants intitulé: *L'Accord de la Grace
& de la Liberté!* L'Abbé *Desfontaines*, ce Critique
fi rude & d'une compofition fi difficile, en a fait
l'Eloge; ** c'eft tout dire, me dira-t-on.

En ce cas, je répondrai, que cet Eloge, donné à un
ancien confrére, feroit déjà extrémement fufpect, quand
même le Public ignoreroit encore, que le cauftique
Abbé-Obfervateur, ne careffoit & ne mordoit les Ecrivains,

* On vante quelques Poëfies de *Louis Campiftron* Jefuite,
mort en 1737. & du Pére *Cleric* J. mort en 1740. cependant leurs ouvrages ne font connus que de ceux qui culti-
vent l'Hiftoire Litteraire. Ce ne font que ces derniers, qui
connoiffent les oeuvr. poët. du P. *le Breton* J. à Rennes.

** Tome XXV. des Obfervat: fur les Ecrits mod. p. 111.

vains, que ſous Benefice d'Inventaire. Il faut bien que je vive, *diſoit-il*, à quiconque lui reprochoit ſes iniquités ou ſes flatteries. Je n'ai point eu encore la ſatisfaction de voir le Poëme du R. P. Vaillant. L'Accord de la Grace & de la Liberté eſt naturellement un ſujet aſſez ſcabreux, ſurtout pour un Poëte. S'il s'eſt bien tiré d'affaire, je l'en felicite, & j'en fais mes compliments à toute la reſpectable Compagnie. Mais j'ai lieu d'en douter beaucoup; & voici les raiſonnements, ſur lesquels je fonde ce doute, peut-être temeraire.

Le Poëme en queſtion, compoſé par un Loyolite, ſur un ſujet ſi intéreſſant, en France ſurtout, n'eſt guere connu, en France même. On ne le connoit ni en Angleterre, ni en Hollande, ni en Allemagne, ni en Suiſſe, ni en Italie. Il ſeroit pourtant entre les mains de tout le Monde, & même traduit en plus d'une langue, s'il meritoit cet honneur, au pié de la lettre. On ne veut point ici trop ſe prévaloir de l'Authorité d'un beau Génie, * qui a dit à l'Academie *françaiſe* en face, qu' „il n'y a de veritablement bons ouvrages, que ceux „qui paſſent chez les Nations étrangéres, qu'on y ap„prend & qu'on y traduit.“ Cette Regle eſt ſuſceptible d'un grand nombre d'exceptions ſolides. Les ouvrages, les mieux faits, ont ſouvent, ainſi que les hommes, les deſtinées les plus triſtes & les plus injuſtes. Malgré cette reflexion ſenſée, je ſuppoſe, pour l'honneur du Public, que le Poëme du P. Vaillant ne doit pas être un grand œuvre, vû ſon obſcurité & notre curioſité naturelle.

A Bologne, un Pére *Roberti* a publié un petit Poëme italien, intitulé: *Le Fole, Poëmetto*, qu'on louë aſſez, ſans declarer pour cela le P. Roberti grand Poëte.

A Rome, on a imprimé: *Le Georgiche di P. Virgilio Marone tradotta in Verſo* &c. 1758.

G 2

L'Eneïde

* M. de Voltaire en ſon Diſcours à l'Academie *françaiſe*.

L'Eneïde di P. Virgilio Marone, tradotta in verso dal Antonio Ambrogi, della Compagnia di Gesu &c. 1759. C'eſt ce qu'on lit dans les Nouvelles Litteraires des Memoires de Trevoux, Août 1760. On y voit, qu'on n'a encore que les quatre prémiers Livres de l'Eneïde. Que le Texte latin, conforme à l'Edition du P. de la *Ruë* (ſauf quelques Variantes priſes du MS. de Florence) eſt vis à vis des Vers Italiens, & que l'Auteur ajoute auſſi des Notes, pour l'intelligence du Texte *&* (notez) *de la Traduction.* Il reſte donc encore à ſçavoir, ſi le *Padre Antonio Ambrogi* eſt réellement Poëte en ſa Langue, & digne Traducteur en Vers des Géorgiques & de l'Eneide. *Queſto ſi può più deſirare che ſperare.*

Les Eſpagnols poſſedent un *Horace Eſpagnol.* Le P. *Urbano de Campos,* Jeſuite, fit, il y a quelques années une Traduction d'Horace, & la dedia . . . qu'on devine à qui? A la Compagnie de Jeſus? Point du tout. Le P. Urbano de Campos dedia ſon Horace Eſpagnol à la très-ſainte Trinité. Il lui dit, dans l'Epitre dedicatoire, que ſon ouvrage conſiſte en *trois choſes comme Elle,* qui ſont la *Traduction,* les *Epitomes* & les *Notes.* Je demande, ſi je puis concevoir une haute opinion du beau Genie de P. Urbano de Campos?

Des Nouvelles Litteraires de Paris 1759. parlérent d'un jeune Jeſuite, qui ſe nomme *Capel* & qui marquoit une heureuſe diſpoſition pour la Poëſie françoiſe. Ayant eu l'imprudence de faire imprimer une Epitre en Vers, contre un Perſonnage à menager; le jeune Poëte fut envoyé à la Fléche, dans une eſpéce d'Exil honorable. Il faut eſpérer, que la Société aura ſçû oublier enfin ce coup de jeuneſſe, & que les Muſes auront ſçû conſoler le jeune Exilé à la Fléche.

Finiſſons

Finissons la Babiole en protestant, que c'est dans la meilleure intention imaginable, que je fais la question aux R. R. P. P. de la Societé.   Je voudrois pouvoir inspirer, à leurs jeunes Sujets, l'ambition de cultiver mieux la Poësie, en Langue maternelle.

Au reste, si j'ai tort de refuser le titre de Poëte au P. Brumoi, au P. du Cerceau, au P. Vaillant & à quelques autres: j'en demande très humblement pardon à toute la Societé.   Corrigeons, en tout cas, la question mal formée: Demandons, *d'où vient que le Public connoit si peu de Jesuites, excellents Poëtes, en Langues modernes?*

SUITE
SUR
L'APOLOGUE. 

Phédre & la Fontaine placent indifféremment la mo-
„ralité (de leurs Fables) tantôt avant, tantôt après
„le recit, felon que le goût l'exige ou le permet. L'a-
„vantage eft à peu près égal pour l'efprit du Lecteur,
„qui n'eft pas moins exercé, foit qu'on la place (la
„moralité) auparavant ou après. Dans le premier cas,
„on a le plaifir de combiner chaque trait du récit avec
„la verité. Dans le fecond cas, on a le plaifir de la
„fufpenfion: on devine ce qu'on veut nous apprendre,
„& on a la fatisfaction de fe rencontrer avec l'auteur,
„ou le merite de lui ceder, fi on n'a point réuffi.“

C'eft une Rémarque de Mr. l'Abbé *Batteux*, **
que je trouve très-jufte. Je perfifte cependant à goûter
la Fable morale, dont le recit n'a point de moralité,
ni à fa tête ni à fa queüe. Il me femble toujours que
l'Auteur d'une telle Fable me fait l'honneur de me
fuppofer trop de difcernement, pour que j'aye befoin
d'apprendre de lui, ce que je puis apprendre du feul recit de fon Conte. Il flatte ma vanité, en fupprimant
fa leçon. Qu'on examine l'Apologue fuivant:

La jeune Sirene.

Dans les Rofeaux du Nil, une jeune Sirene,
Entendit une Voix humaine,

Tant

---

* La premiere Babiole fur l'Apologue, fe trouve dans le T. II.
P. 59.
** Cours de Bell. Lett. Artic. Apologue. T. I. Edit. de Leide.

Tant pleurer, tant gémir, que la Belle à l'inftant,
Contre le Naturel de toutes les Sirénes,
Eut foin d'en avertir les Nayades prochaines,
    En chantant fur un Air touchant:

    N'entend-je point fur cette Rive,
      Où l'Amour paroit enchainé,
    N'entend-je point la voix plaintive
      De quelque Amant infortuné?
    Quittez votre humide demeure,
      Nayades! venez raffeurer
    Un Amant défolé, qui pleure,
      Et femble fe plaire à pleurer.

Quel fut le beau Pleureur? un affreux Crocodile.
Il fortit des rofeaux, &, d'une voix debile,
    A la Chanteufe il dit: ma Sœur! uniffons nous,
      Du même metier que nous fommes:
      Je pleure, pour manger des hommes,
      Vous chantez, pour les rendre foux.

N'eft-il pas vrai, que le denouëment de la Fable fuffit, pour comprendre le Fabulifte? J'avouë que la morale ne faute pas d'abord aux yeux: mais cela même m'en plait, & exerce mon efprit. Les deux verités, dans la gueule du Crocodile, me font plus agréables, que ne feroient les plus belles refléxions du Poëte, commentateur de fa propre fable.

    On m'objectera peutêtre, que je ne fuis pas feur d'avoir deviné jufte. Eh! bien, quand je ne me rencontrerois point avec l'auteur, je ne laifferois pas de tirer une bonne leçon de la piéce. Cette leçon me paroitroit la veritable & la plus naturelle. Je fçaurois, en tout cas, bon gré à l'Auteur, de m'avoir laiffé le choix des leçons differentes, dont fa fable fe trouve fufcéptible. Si, comme M. le Batteux l'affeure, *la fufpenfion* procure du plaifir: nos Phédres ont tort, de

fixer

fixer ſi préciſément leurs moralités. Il eſt pourtant des
cas, où l'Apologue ne doit préſenter abſolument qu'un
ſens unique. Un grand homme, digne d'occuper à la
Cour le poſte le plus éminent, fut indignement placé
dans une petite Province. Des Courtiſans, ennemis du
grand homme, ne manquerent point à l'uſage établi
d'inſulter le disgracié, par des railleries piquantes. On
fit là deſſus l'Apologue ſuivant.

La Statuë d'Hercule.

Dans un Jardin riant, fertile en belles fleurs,
Un moderne Midas fit planter la Statuë
   D'Hercule armé de ſa maſſuë,
Spectacle, qui beaucoup divertit les moqueurs.
Du Fils de Jupiter & de la chaſte Alcméne,
   Dit un jours certain Libertin,
Pour prix de ſes travaux, Junon, conſtante en haine,
 Fit elle un vil Priape, un Dieu de ce jardin?
Tais toi, lâche Mortel! lui répondit l'Hercule,
   Quand par les mains d'un inſenſé,
  Ici je fus ſi mal placé,
 En devins-je un Dieu ridicule?

Cet Apologue ſeroit ridicule, s'il contenoit une
moralité. Le Fabuliſte m'auroit paru un bavard, s'il
s'étoit aviſé de m'apprendre, qu'il ne faut pas ſe moquer d'un Etre mal placé, en depit de lui: qu'il ne
faut ſe moquer que du *Midas*, qui *plante* mal une
belle Statuë.

Qu'on ne s'imagine point pour cela, que je déſap-
prouve les Fables, pourvuës au commencement, ou à
la fin, d'une ſaine morale, en peu de vers, s'entend.
Je penſe ſeulement, que cette morale nous devroit être
inſinuée, plus tôt par quelque interlocuteur, que par le
compoſiteur de l'Apologue; plus tôt par des animaux,
que par des hommes. Le Bon-Sens de ces derniers
n'a rien d'étonnant, n'a rien de piquant, en compa-
raiſon du Bon-Sens qu'on prette à la bête.

Le

Le François & les Grénouilles.

Dans un fossé de Westphalie,
Un François decouvrit des Grénouilles. Bon Dieu!
S'écria le Gaulois, quoi! je trouve en ce lieu,
O Reines des Etangs! * votre race établie!
    On vous méprise en ce Païs,
Venez, venez en France, & sur tout à Paris.
    En votre France! A Dieu ne plaise!
Répondit une au nom de ces Reines d'Etangs,
Qu'on nous méprise ici! Nous sommes à notre aise;
En France, on nous dévore, à la table des Grands.

On prétend, que cette Fable fut faite, en faveur d'une belle Françoise refugiée, & follicitée à rétourner en France. Quoi qu'il en soit, à propos des *Reines des Etangs*, autre Fable, à leur honneur & gloire:

Le Barbet & les Grénouilles.

Dans une verte Grénouilliére,
Un Barbet se jetta. Pourquoi? pour s'y baigner.
    Soudain la République entiére
S'écria: quel Tyran vient ici pour régner!

    Charmé de la noble Harmonie,
    Le Barbet sortit de l'Etang.
    Je ne suis pas, *dit-il*, d'un sang,
A fonder une Tyrannie;
    O que ce Peuple, si peureux,
    Est noble, alerte & généreux!

Je connois bien des Climats, où cette Fable n'a point été faite; mais je ne sçai pas, pour cela, en quel païs,
G 5

on

---

* C'est l'immortel La Fontaine, qui éléva les Grénouilles au rang des Reines. Voudrois-je les dégrader, moi qui les mange?

on la vit naitre. Qu'importe? Fourniſſons au Lecteur
un morceau, qui ſans être dans le même goût, s'en approche, & pourroit bien être conçu en Suiſſe.

Le Quaker & le Souriceau.

Un Quaker, vrai Trembleur, rêvant en ſon fauteuil,
S'écria: juſte Ciel! pourquoi, dans ta colére,
　　Nous donnes tu des Rois, dont le funeſte Orgueil,
L'ardente Ambition, & la Fureur guerriere,
　　Déſolent l'Univers, où pourtant les Humains
　　Devroient vivre en Amis & bons Républicains?
　　　　Un Souriceau, qui de ſa Mére
　　　　Pleuroit le douloureux trépas,
S'écria; juſte Ciel! pourquoi, dans ta colére,
　　　　Nous donnes-tu des Chats?

En cet Apologue, ſans Dialogue, la reflexion du Souriceau, faite *à parté*, d'après la reflexion du Trembleur, n'offre-t-elle point une moralité bien claire, ſans
que le Poëte y paroiſſe pour quelque choſe? La Fable
ſuivante eſt de la même nature:

Le Léſard & la Tortuë.

Heureux qui vit tout ſeul toujours en ſa maiſon!
Dit un Léſard fringant, voyant une Tortuë,
　　　　Et bien logée & bien vetuë,
Serpenter gravement ſur le tendre gaſon.
　　La Tortuë, à l'aſpect du Léſard poliſſon,
Si pétulant, ſi vif, dit, non ſans être émuë:
O Créature heureuſe, & gaye & libre & nuë,
　　N'ayant point de Palais, tu n'as point de priſon!

Sans doute on me dira, que ces Fables, ſi *nuës*, ne
ſont point à la portée des Enfants, & c'eſt ce que pourtant elles devroient être.

Je

Je réponds que ces Fables, si *nuës*, sont précisément celles, qu'il faudroit présenter aux enfants, & les engager à en deviner la morale. Si votre enfant devine bien : il sera charmé de *sa* decouverte, & sa petite vanité flattée le portera à la recherche salutaire de bien d'autres verités. Vous serez enchanté de la sagacité de votre aimable enfant, & vous sentirez *alors*, que le Fabuliste n'eut pas tort, de laisser au Lecteur le soin de developper le bût de ses petits Contes.

Si votre enfant devine mal, ou ne devine rien : expliquez lui le sens de l'Apologue. Votre enfant sera toujours ravi d'apprendre de vous le mot de l'Enigme. Il apprendra de vous, imperceptiblement, l'art de dechiffrer les sens obscurs. Piqué secretement de son incapacité, il fera des efforts, pour comprendre, sans votre secours, tous les mistéres cachés dans les Avantures des Animaux, dont il connoit les caractéres, au moins en grande partie. J'ose asseurer, sur la foi de l'experience, que cet exercice amusant, préparera peu à peu, votre écolier (auquel je suppose pourtant quelque grain d'intelligence & de curiosité) à saisir le vrai goût d'étudier l'histoire. Je manquerois au titre de mes Brochures, si je m'avisois ici de prouver mon étrange assertion. Je me contenterai ainsi de supposer tout humblement, que tout enfant, qui s'intéresse dans les desmelés des Bêtes, s'intéressera, à vingt ans, dans les desmelés des Rois & des Peuples, avec connoissance de cause ; c'est beaucoup dire.

J'ai dit, * que *les Fables ont cela de commun avec les Folies, que les plus courtes sont les meilleures.* Je ne m'en dedirai point. Il est constant, que l'Apologue doit avoir sa *juste étenduë*. Il est certain, qu'il est susceptible d'ornements, & par conséquent merite des ornements, pourvû qu'ils ne soient ni déplacés, ni inutiles. En un mot, je suis le premier à inviter la jeunesse

* Tome second. p. 68.

neſſe d'imiter l'inimitable *la Fontaine, omiſſis omit-
tendis.*   Tout cela ne m'empeche point de trouver fa-
tigantes les fables les plus belles, dès qu'elles ſont dif-
fuſes, & pourroient être briéves.   Tout ce que *Bourſault* a fait de mieux, c'eſt *ſon Eſope* à la Cour, c'eſt
ſon *Eſope* en ville.   Néantmoins le Spectateur bâille,
& non à tort, au recit des Fables * belles & bonnes,
que Bourſault mit dans la bouche d'Eſope.   De cette obſervation, faite par le Public même, il reſulte une verité, non encore obſervée, par certains *Phédres*
modernes.

   L'homme accoutumé à lire, lit, ſans ennui, une
bonne Fable, quoique aſſez longue.   Mais cet homme
s'ennuyera à la mort, au recit de la Fable excellente,
mais longue.   L'oreille, la plus patiente, abhorre toutes les longueurs.   Quiconque en doute, n'aura qu'à
reciter, en bonne compagnie, la Fable la plus ingéni-
euſe: il ennuyera la Compagnie dès que la Fable ſera
tant ſoit peu prolixe.   Ayons donc des Fables de Con-
verſation.   *Patru* cet habile avocat, ** ne ſe ſervit que
de l'Apologue le plus laconique, pour empecher l'Aca-
démie françoiſe de faire une énorme ſottiſe.   Que cet
Exemple frappant nous inſtruiſe & nous anime. Si trente & huit Beaux - Eſprits, Academiciens françois, au beau
milieu de Paris, par le charme d'un *petit Apologue*, ſe
laiſſerent gouverner, juſqu'à refuſer un Prince: con-
feſſons que les *petits Apologues* peuvent frapper de
grands coups.   Si je n'étois pas d'une timidité outrée,
je defierois M. *Batteux* même, de convaincre le Public, que la Fable de *Patru*, allongée & bien ornée,
auroit été d'un ſuccès encore plus merveilleux.   Dans
l'Artillerie, les *Couleuvrines* ont leur merite: mépriſe-
t-on pour cela les *Amuſettes*, de nouvelle invention?
Voici une *Amuſette Eſopique:*

Le

______

* C'eſt de quoi ſans doute *Fuſélier* s'eſt apperçu. En ſon
  Momus Fabuliſte, les fables ne ſont pas longues. Elles devroient être encore plus courtes.
** v. Tom. II. p. 59.

Le Crapaud & l'Ecrevice.

Un Crapaud, devant lui voyant une Ecrevice,
  Péniblement retrograder,
  Lui dit : ma bonne Soeur ! pourquoi t'incommoder,
Avance hardiment : l'orgueil n'est pas mon vice.

Si quelque Journaliste daigne m'apprendre, que cette Amusette est trop obscure : je ne manquerai pas de la pourvoir d'un Commentaire. Alors on lira (en mechants Vers) qu'un Sot illustre fit naitre ce quatrain. Le Sot, (c'est mon crapaud) curieux de voir une fameuse Chapelle, où l'on disoit la Messe, y entra au moment, que tout le monde se mettoit à génoux. Le Sot, pour faire le bon Prince, par des gestes tout gracieux, declina cette genuflexion générale. Voyant tout près de lui une aimable Brunette (c'est mon Ecrevice) il la releva, & la remit sur son banc, avec priére *de ne point s'incommoder*.

Si j'avois le don d'être à propos indiscret ou imprudent (c'est un don en nos jours) je proposerois à l'Academie françoise de mettre en quatrains les Fables d'Esope, & de les faire succéder aux fameux quatrains de *Pybrac*. Cette idée n'est pas si ridicule que celle de *Benserade*, qui mit en Rondeaux les Metamorphoses *d'Ovide*. La raison, qui porta Pybrac à renfermer en quatre vers chaque Leçon de sagesse ; le succès étonnant de ces Bijoux moraux ; * notre goût decidé pour la briéveté de tous les Contes ; la facilité avec laquelle on apprend par cœur quatre vers, bien tournés en rimes riches, qui se conservent dans la memoire : tout cela me confirme dans la persuasion, que, *par rapport à l'utilité*, les fables les plus courtes sont les meilleures.

On

* Ils ont été traduits, non seulement en presque toutes les bonnes Langues de l'Europe ; mais encore en Arabe, en Turc, en Persan.

On peut se servir de ces dernieres en mille occasions, où les Fables prolixes seroient mal reçuës. A table, par exemple, il est permis d'égayer la conversation, en aménant à propos un joli Apologue en quatre vers; prouvons cela par deux petits Contes.

Un vieux *Rodrigue* à table, s'oublia si vilainement, qu'il blasphemoit en toutes les formes. Une Femme d'esprit, respectable & par son rang & par ses qualités, là dessus recita la Fable suivante :

Le Loup & l'Elephant.

Un Loup parla des Dieux, en vrai Loup - Scelerat;
   Il ne vanta que son merite.
Un Eléphant lui dit : si tu n'étois qu'un Chat,
Tu louërois les Dieux; mais en vil Hypocrite.

Le Rodrigue se tût, & la conversation devint gaye & brillante. Si l'Apologue eût été plus long, il auroit été moins perçant. Peutêtre même, que le Rodrigue, donnant au Loup toute son attention, pour le brave Elephant, se feroit trouvé sans oreilles.

Dans un répas, où la Joye auroit dû régner sans interruption, l'Esprit de parti fit naitre des Dialogues maussades. Une Dame, (en possession de manifester impunément ses saillies ingénieuses) se saisit d'un moment de silence, pour parler à son Voisin. Elle lui apprit tout haut, qu'elle sçavoit par cœur un Conte, ou une Fable ancienne & galante, traduite du Grec. On pria la Dame d'en régaler la Compagnie, qui sur le champ reçût

Démosthéne à Table.

Contre Philippe, Démosthéne,
   A table, declamant un jour,
Une Belle lui dit : suspendez votre haine,
   A table parlez moi, Seigneur! de votre Amour.

L'Esprit

L'Esprit de parti, ce Démon Trouble - Fête, foudain fut exorcifé par l'Apologue, fi reprimendant en quatre lignes rimées.   J'ofe donc recommander ce *Démofthéne à Table*, dans les bonnes Maifons, où les *Bisbilles* politiques défolent fi fouvent le Dieu de la bonne Chére.

C'eft furtout, lorfqu'on s'addreffe à divers perfonnages, qu'il faut fe rappeller le précepte d'Horace: *Quicquid praecipies, efto brevis.*   „Voulez vous in„ftruire? Soyez court, afin que l'Efprit puiffe retenir „plus facilement vos préceptes." Ofez vous égayer ces préceptes? Ne manquez jamais de les égayer.   Plus ils feront courts & riants, plus ils feront efficaces. *

Les petites Fables entrent encore, avec beaucoup de grace, en nos Epitres, en nos Lettres familieres, & mêmes en certains Ecrits de conféquence.   C'eft une verité fi connuë, que je ferois un impertinent, fi je m'avifois de la prouver.   On fçait que dans les Païs Orientaux, jadis tous les Moraliftes habillerent en Fables, leurs grandes Maximes, leurs Principes, leurs Confeils & leurs Avis importants.   Je fçai de très - bonne main, qu'en Perfe & en Turquie, les Sages fe plaifent encore à debiter des Apologues, au lieu de prononcer des Oracles.   Un vieux Perfan hermite, ** au pied de je ne fçai quel Mont, accorde fes bons Confeils à tous ceux qui fe fient à fes grandes lumieres.   Mais comme le Vieillard eft d'une prudence infigne, il ne donne aux Confultants que des Fables par écrit.   J'ofe fuppofer, que mes Lecteurs ne feront pas fachés de trouver ici deux échantillons de la Fabrique morale de ce vieux Perfan.

Une Belle Circaffienne, fur le bruit de fes charmes, reçut ordre de la Cour d'y comparoitre, feulement pour convaincre le Souvérain, qu'en effet elle poffedoit tous

les

---

* *Non nulla relinquenda auditori, quæ fuo marte colligat. Qui omnia exponit auditori, ut nulla mente prædito, fimiles ei eft, qui auditorem improbat atque contemnit. Demet. Phal. de Elocut.*
** On écrit ceci, fans fçavoir, fi cet Hermite vit encore.

les charmes, que la Renommée lui prêtoit. La Cir-
caſſienne glorieuſe & curieuſe, mais en même tems &
peureuſe & vertuëuſe, fit conſulter l'Hermite, ſur le
parti ſenſé qu'elle auroit à prendre. Elle reçut, en ré-
ponſe, un Billet * cachetté, où elle lût :

Phébus & la Taupe.

Phébus pour être ſûr, que la Taupe a des yeux,
Fit citer une Taupe ; & la Taupe citée
S'éxcuſa d'obéir : elle s'étoit gatée
La vuë, à contempler l'Aſtre brillant des Cieux.

Je ſens très-bien, qu'on trouvera en France, comme
en bien d'autres Climats, cette Fable *du dernier ridicule*. Mais c'eſt de quoi je ne m'embaraſſe point. Il
me ſuffit de prouver, qu'en Perſe on fait des Fables,
qu'on peut traduire, ſans crime d'omiſſion, en quatre
vers françois.

L'Hermite, peu de tems après, fut conſulté, dit-on,
par un Sage ſolitaire, qui, pour avoir philoſophé en ſa
ſolitude, devoit philoſopher à la Cour d'un Sultan. Le
philoſophe y fut invité ; & pour ne pas faire un faux
pas, il conſulta auſſi l'Oracle Perſan. Le ſolitaire en
reçut auſſi un Billet cacheté, où il lût :

Phébus & le Hibou.

Phébus fit à ſa Cour inviter un Hibou :
Qui dit : Phébus eſt ſage, & je ne ſuis pas fou.

Voilà un Apologue en deux vers, digne de l'ancienne
Lacédemone.

Finiſ.

---

* J'ignore ſi ce Billet fut écrit en vers Perſans. Il eſt fide-
lement traduit, au *Phébus* prés : le Perſan dit toujours :
Le Soleil.

Finiſſons la Babiole, par une Fable en quatre vers.
Sans être *Docteur Chryſoſtôme Mathanaſe*, on en de-
veloppera la moralité, je penſe.

L'Aigle & le Paon.

L'Oiſeau de Jupiter vit l'Oiſeau de Junon,
Qui, dans un grand ſoleil, faiſoit grande parade.
L'Aigle ſe mit à rire, & lui dit: Camerade!
A ton bel éventail ajoute un bon jupon.

SUR
L'EUPHEMISME.

L'Euphémisme est une Figure très-usitée, mais dont le nom gréc, Εὐφημισμὸς, * n'est connu que des Savants en Rhétorique. Il ne sera donc pas mal à propos de faire mieux connoître à mes Lecteurs, une Belle, dont envain ils chercheroient le nom, en bien de bons Dictionnaires.

„L'Euphémisme est une Figure, par laquelle on de-
„guise des Idées désagréables, odieuses ou tristes,
„sous des noms qui ne sont point les noms propres de
„ces Idées: ils leur servent comme de voiles, & ils en
„expriment en apparence de plus agréables, de moins
„choquantes ou de plus honnêtes, selon le besoin. Par
„exemple, ce seroit reprocher à un *ouvrier* ou à un
„*valet* la bassesse de son état, que de l'appeller *ouvrier*
„ou *valet*. On leur donne d'autres noms plus hon-
„nêtes, qui ne doivent pas être pris dans le sens pro-
„pre. C'est ainsi que le Bourreau est appellé par hon-
„neur, le Maitre des hautes œuvres." **

Cette definition me paroit extrémement claire, & à la portée de tout le monde. Je me flatte que *des* gens du Beau Monde, en secret, seront charmés d'apprendre ici, comme quoi ils se sont toujours servis de l'Euphémisme, sans le sçavoir; ainsi que Monsieur de *Jourdain* s'étoit servi long tems de la Prose, sans jamais s'en douter.

En

---

* *Boni ominis captatio*: discours de bon augure. εὖ, bien, heureusement, & φημὶ, je dis. *L'Euphonie* sort de la même source.
** Voyez l'ouvrage intitulé: *Des Tropes &c.* par Mr. *du Marsais*; Edit. de Paris en grand 8. 1757. pag. 173. l'Auteur, très-estimable, se sert d'une orthographe nouvelle, à laquelle on ne veut point se plier ici.

En effet, j'ose asseurer, que, dans le Beau Monde, de ma vie, je n'ai entendu prononcer le mot d'*Euphémisme*. Je ne voudrois pas le lâcher en belle Compagnie, de peur d'y passer pour Pédant. Le Trope,* dont il s'agit, est partout employé, & à l'excès même. La critique exige que j'en avertisse la Jeunesse, puisqu'on peut être aisément la dupe & même la victime de ce Trope.

Il seroit à souhaitter, que dans la fureur heureuse où nous sommes, de fournir au Public des Dictionnaires portatifs, quelque compilateur laborieux nous pourvût d'un Dictionnaire portatif d'Euphémismes en vogue.

En attendant tâchons de développer tant soit peu le bût de cette Babiole, en espérant que le Lecteur devinera sans peine, ce qu'on ne lui dit point par prudence. Le bon-sens deffend aux Auteurs de tout dire, aujourd'huy que le Lecteur se plait à digerer ses Lectures.

Observons d'abord, que l'Euphémisme est sans contredit un Enfant de la Charité même. De nos saintes Ecritures, ** je tirerois un nombre prodigieux d'Euphémismes admirables, pour bien prouver mon assertion. J'en tirerois un nombre, encore plus étonnant, de nos Anciens prophanes, si j'étois d'humeur à compiler des preuves superfluës. L'attention de *déguiser des Idées désagréables, odieuses ou tristes,* (selon la definition) ne sçauroit partir que d'un bon Esprit. L'Humanité nous inspire un soin si généreux; par conséquent, il

H 2

fera

---

* *Du Marsais* (l'Auteur cité dans la note précedente) peu de tems après que son Livre parut, pour la premiere fois, rencontra un homme riche, "qui sortoit d'une maison, pour entrer dans son Carosse. "Je viens, *dit-il à l'auteur,* en "passant, d'entendre dire beaucoup de bien de votre *His-* "*toire des Tropes.* L'homme riche crût que les Tropes étoient un Peuple,

** Le Sauveur lui même appella le Demon, *le Prince de ce Monde.* Il est, selon St. Paul, *le Prince de la Puissance de l'Air, le Dieu de ce Siecle.* Soit rémarqué sans manquer de respect.

fera permis de dire, que l'Euphémifme eft le Trope ou la Figure, qui fait le plus d'honneur à la Rhétorique, & généralement au Langage fimple de tout le Genre humain.

Mais de quoi n'abufe-t-on point à la longue? Soit par ignorance ou par malice, par orgueil ou par baffeffe, il fe trouve que l'Euphémifme eft le Trope ou la Figure, dont on abufe le plus, à la honte du Genre humain.

. Commençons par rapporter quelques Euphémifmes, diĉtés par l'Humanité même, & qu'on ne lit point encore, en des Ouvrages imprimés, où l'on devroit les lire, en *Lettres italiques*.

En Hongrie, des *Mécontents* murmurerent fi hautement, qu'ils firent de l'ombrage à la Cour de Vienne. Un Miniftre auffi tôt les déclara: *Rebelles dignes de mort*. L'Empereur, Roi de ces Hongrois, interrompit, en fouriant, l'Orateur du Cabinet. Tous ces Mécontents, dit-il, font mes *Enfants malades;* qu'on les careffe; ils cefferont de pleurer.

L'Empereur *Charles* VI. de gl. mem. qui fe fervit de ce Trope, peut-être n'en connût point le nom; tant il eft vrai, que cette noble Figure de la Rhétorique eft toute naturelle à tout Monarque, qui a de grands fentiments, & la faculté de les exprimer.

Dans une audience publique, un Prêtre Polonois, aux pieds du Pape, en mauvais Latin, s'emporta tellement contre certains Schifmatiques qu'il les traita *d'Apôtres de Satan*. Le faint Pére (c'étoit Benoit XIV. ce digne Chef de l'Eglife) interrompit, en beau Latin, le Harangueur atrabilaire. Les Gens, dont vous parlez, dit le Pontife, font vos *Frères égarés;* leurs erreurs font involontaires.

Ofman II. favorifoit beaucoup tous les Chrétiens. Il en avoit une haute idée. On s'avifa néantmoins de les blâmer en fa préfence. On lui foutint en face, que les Chrétiens étoient les *Ennemis naturels de la Porte.*

Les

Les Chrétiens, reprit Ofman, font nos *Voifins non cir-
concis;* des Ennemis naturels, dès qu'avec eux nous
fommes en guerre.

Remarquons maintenant, que l'Euphémifme, mal
manié, degénére aifément en plattitude, en fottife, en
injure même.

Un Prédicateur de Cour, ayant ouï dire, qu'en chaire
on ne prononçoit plus l'effroyable mot *Enfer,* en parla comme du *mauvais Lieu, où il ne faut point aller.*

Un autre Orateur facré, pour éviter, en Chaire de
Cour, le mot *Adultére,* en parla comme d'une *Trans-
lation du plaifir conjugal.*

Ainfi que chez les Romains, la fevére Néméfis aujourd'huy fe fert encore de l'Euphémifme, pour adou-
cir des forfaits trop odieux.   Le vol des Deniers pu-
blics: c'eft toujours *Peculat.*   L'honnêteté ne permet
pas de rapporter ici les noms trop honnêtes, qu'on donne aux crimes les plus énormes, par un abus du noble
Euphémifme.

En revenche on dira un mot de l'exceffive Politeffe
de notre chére Thémis.   Chez elle les *Duëls,* les plus
formels, ne font plus que des *Rencontres,* par exemple.   Les *Rapts* ne font que des *Enlévements;* &
quant aux *Plagiaires:* il ne s'en trouve plus, que dans
la République des Lettres.   Nous n'appellons qu'*En-
rôlleurs,* ceux qui de force nous enlevent nos enfants.

La Politique moderne, toute feule, fourniroit de quoi
compiler un Dictionnaire d'Euphémifme, en douze To-
mes in folio. J'en avertis les bonnes plumes, qui, pour
travailler, ne demandent que de riches matiéres, & fe
trouvent bien en de certains Païs.

Pour me contenir en mes bornes, je n'entretiendrai
le Lecteur, avec fa permiffion, que de Figures innocen-
tes, & quelquefois comiques.

H 3

Voyons

Voyons auparavant, comment la Malice fçait finement fe fervir du Trope.

A Paris, l'immortelle *Chriftine*, Reine de Suede, dans une converfation intereffante pour fon fexe, parla contre les *Prudes*, en Reine veritablement *Anti-Prude*. La celebre & non moins immortelle *Ninon de l'Enclos* eut la générofité de prendre le parti des Prudes. *Les Prudes*, dit Ninon, font des *Janfeniftes en Amour*.

Dans une Compagnie, où l'on n'encenfoit pas trop la Societé des Jefuites, on blama ces Péres d'avoir dans le Paraguay des Peuplades d'Indiens, appellées *Doctrines*. Que ces Indiens, mal endoctrinés dans la Religion, fçavoient parfaitement tous les metiers neceffaires à la vie: qu'ils étoient abfolument les meilleurs Soldats du nouveau Monde, leurs Officiers étant tous des Jefuites, très-experimentés au fait de la Guerre. *Les Jefuites*, s'écria un Efpiégle, *ah! ce font les Janiffaires de l'Eglife.* *

La Malice a fçu faire de *certains Maris*, des *Parents de Moïfe*, par un Euphémifme auffi mal imaginé qu'il eft abominable.

Les *Anti-Pénélopes*, & les *Anti-Lucréces* meritent d'être bien reçues dans le beau Langage. Elles y peuvent figurer avec les *Chevaliers d'induftrie*.

Il faut convenir, à l'honneur d'*Arlequin*, qu'il eft très-heureux à manier le Trope. Ses *Courtiers de Cythére; fes Chevaliers du Cordon gris; fon Pére homme d'epée*, (Fourbiffeur,) *qui mourut*

---

* *Guy Patin* a dit le premier, que les Jefuites étoient les Janiffaires du Pape.

rut mécontent à la fin d'un *Salvé*, en font autant de témoins. Augmentons en le nombre. Rap-
pellons nous les *Archers de l'Ecouëlle*, le Corps
le plus vieux en France; les *Apprentifs Sous-Fer-
miers, dans le Noviciat de la Fortune*; la *Noblesse
du Petit-Pont*;* le *Petit-Collet reformé*; les *Pi-
geons d'outre-mer*, &c. &c. Grand amateur de tous
les bons Euphémifmes, j'aime à retrouver dans le Théatre Italien, *les Solécifmes en Coquetterie*; *les Def-
faillances de Sageffe*; *les Indigéftions amoureuses*;
les Fractures de la Raifon; *les Dislocations de
l'Efprit: les Entorfes du Bon Sens*; le *Veuvage
anticipé*; la *Viduité prématurée* &c. &c.

Ici je me repens bien de m'être interdit le plaifir ma-
lin de compiler des Euphémifmes Politiques. La Prudence, qui gâte tant d'Hiftoriens, même en des Païs
libres, fait faire mille fottifes d'ómiffion aux Ecrivains
de mon calibre. Le Public fe pafferoit volontiers de
cette Prudence, fi fatale aux Hiftoires futures, qui exi-
geroient du courage: Le Lecteur équitable excufe
l'Ecrivain poltron.

Par bonheur, il me tombe dans l'efprit d'indiquer,
& de recommander même, à mes Lecteurs, la Lectures de nos Annales hebdomadaires. Ces Archives pu-
bliques, tragiques, comiques, cauftiques, & fatiriques,
qu'on appelle *Gazettes*, fourmillent fouvent d'Euphémifmes de confequence. Dans les Calamités accablantes, on ordonne aux Gazettiers de confoler (pour ne
pas dire de tromper) le Public. Par Euphémifme, la
Pefte la plus devorante, fe change en *Fievre* épidé-
mique; la *Famine* en fimple *Difette*, en *Cherté des
Vivres*; le *Manque* total & d'or & d'argent, en *Ra-*

H 4

reté

---

* Les Garçons de boutique.

reté de bonnes Espéces. C'eſt ſur tout en tems de **guer-**
re, que ce Trope rend des ſervices eſſentiels. Il fait
d'une *Bataille* infortunée & preſque déciſive, *une Af-*
faire, un Choc, une Eſcarmoûche. D'une *Ville pil-*
lée, ruinée & incendiée, il fait une Ville ſurpriſe, &
dans les premiers inſtants, *un peu mal traitée.* Lors
qu'en certains Climats l'Hyperbole fait tomber les
Actions: l'Euphémiſme les reléve, & les fait remonter comme le Soleil agit & fait remonter le Mercure
tombé dans les Thérmométres & Barométres.

Dans le Commerce, dans le Négoce, l'Euphémiſme
ne fait-il point continuellement des prodiges ſalutaires?
La Verité publie, par exemple, que dans une horrible
tempête, *Jourdain* a perdu quatre vaiſſeaux. Cette
Nouvelle effrayante allarme toute la Bourſe, & menace
le credit de *Jourdain.* Que dit Jourdain? En ſous-
riant, il ſemble nier la perte réelle de ces Bâtiments.
Le *Sous-rire* de Jourdain vaut un Euphémiſme, in-
genieuſement employé. Il déclare *tacitement*, que les
quatre Navires, diſperſés par la tempête, au premier
vent favorable, aborderont, où ils doivent aborder,
ſelon ſes Ordres. La Renommée a beau publier enſuite le nauffrage des Vaiſſeaux de Jourdain. Jourdain, à force d'Euphémiſmes, rend ſa perte ſi peu conſiderable, que la Bourſe n'y ſonge plus. A la Bourſe,
comme dans les Cours & comme dans les Armées,
l'Euphémiſme ſe convertit ſouvent en *Antiphraſe.*
Cette Figure, ou ce Trope, chante quelquefois le *Te*
Deum, lorſqu'on devroit humblement, & à haute voix,
chanter tous les Pſeaumes pénitenciaux.

Nos Médecins n'ignorent point, que les Euphémiſmes ſont des Remedes palliatifs (comme la pluspart des
remedes) dont il faut ſe ſervir, pour peu que les Malades ayent de la ſenſibilité. Ainſi, même dans la bouche de nos Hippocrates, le Mal que *Fracaſtor* a ſçû ſi
bien

bien chanter en son Poëme *Siphylis*, * qu'est ce ? un Rhume ecclesiastique.

L'*Epilepsie* n'est plus qu'un *mouvement convulsif des Nerfs trop comprimés.*

Le *Delire* d'un Grand, quoique fou enragé : ce n'est qu'une legére *Paraphrosyne. Hippocrate* en a parlé, & *Galien* de même; mais Galien n'est point de l'avis d'Hippocrate. Avec le tems, l'Euphémisme parviendra à l'honneur de disculper tous les Malades, dignes d'être malades, s'ils sont en état de payer leurs Médecins. Il faut remarquer ici, que l'Euphonie de la Langue grécque est si admirable & si touchante, que ceux qui n'entendent point le Gréc, prennent aisément pour des Euphémismes, les simples noms grécs des maux & des maladies, des deffauts & des vices. Effectivement, en nos jours, c'est plus tôt par politesse, que par necessité, que les François enrichissent leur langue d'une quantité de mots grécs. Depuis que la μανία a l'honneur d'être Manie françoise, elle ne cesse point d'être Mére feconde, & de produire de petites Manies, qui nous paroissent peu offensantes. *Bibliomanie & Metromanie* n'ont, par exemple, rien d'insultant pour des oreilles françoises. Je ne me facherois point, contre ceux qui me traiteroient de *Bibliomane* ou de *Metromane.* Je me garderai bien de traitter un galant homme de même, en quelque autre langue de l'Europe.

S'il est donc vrai, que l'Euphonie de la langue grécque produit l'heureux effet des Euphémismes : tout comme on a reçu *Polyédre, Polygamie, Polyglotte, Polygone, Polygraphie, Polype* &c. on devroit poliment recevoir :

Polyphagie, au lieu de Gourmandise.
Polyposie, au lieu d'Intempérance dans le boire.
Polysarcie, au lieu de grosse Corpulence.
Polytrophie, au lieu d'Excès de Nourriture.

H 5

Il sem-

* Παρὰ τὸ σίνειν τὰ φῦλα.

Il femble que la Politeffe françoife devroit bien s'accommoder de cette petite augmention de mots nouveaux, dont la douceur préoccupe fi favorablement l'oreille. Je me flatte, que fi cette Babiole pénétre jufqu'en France, fes Médecins polis ne manqueront point d'adopter les quatre mots, que *je préfente pour être francifés.*

Qu'on me permette, en revenche, de prononcer un Anathéme contre l'introducteur de la *Polyandriomanie.* J'ai, fans vanité, l'oreille trop delicate, pour fupporter une Manie, fi furchargée de Syllabes choquantes. Je confens à la reception de la *Mifoponie.*

SUITE

SUITE

DE

PIECES FUGITIVES.

Toujours sur la foi de l'Abbé Désfontaines, comme sur la foi de l'Epigraphe, qu'on voit à la tête de mes Babioles, voici une suite de Piéces fugitives. Je doute qu'elles ayent le bonheur de plaire; mais je me flatte, qu'elles n'ennuyeront point, par leur longueur excessive. J'avertis qu'elles n'ont pas été faites par un Poëte Parisien, à Paris; elles font nées à *Vienne*, Capitale de l'Autriche, & non à *Vienne*, * Capitale du Viennois, dans le Bas-Dauphiné en France. N'importe. La Verité doit aumoins protéger les trois premieres Piéces.

SUR

LA VILLE DE VIENNE.

Quod nolis, alibi quæras, hic quære quod optas;
Aut hic aut nusquam, vincere vota potes.

J. Scaliger.

Que le Chef d'œuvre de Neptune,
Vénise, brille au sein de la froide Thétis!
Que la Tyr du Batave ose à ses Pilotis
    Confier encor sa Fortune!

Qu'al-

---

* Certains Auteurs françois se plaisent trop à bien marquer cette difference. Remarquons ici, que la Capitale du Viennois brille dans le Dictionn. Géograph. portatif de M. *Vosgien.* Cette *Vienne* est mal bâtie, et encore plus mal placée. Elle est fort sale. „Aussi l'ai-je souvent entendu „nommer le Cloaque de la France, dit M. le Comte de *Guiche,* en son *Tacite,* Part. VII. p. 263. note N.

Qu'affife fur fept Monts, Rome aux Jumeaux de Mars
  Faffe honneur de fon exiftence!
  Vienne, au giron de l'Abondance,
Répofant fur fes Vins, fert de Trône aux Céfars!

Il vaut fçavoir, pour comprendre ce dernier vers,
que la ville de Vienne eft toute bâtie fur de larges Sou-
terrains, fur d'excellentes Caves, toujours remplies de
Vins blancs & rouges, vins du païs, qui, bien élevés
& devenus presque majeurs, font honneur au Dieu de
la Vigne.   La ville de Vienne n'eft pas grande.   Cependant on y trouve nombre de beaux Palais & dans
les Fauxbourgs de même.   Un Voyageur François,
homme d'efprit & de jugement, a fait la Remarque
fuivante: „Il eft de la beauté de Vienne, *dit il*, *
„comme de celle des hommes armés de toutes piéces,
„les armes leur ôtent l'agrément des habits, & ne laif-
„fent entrevoir la beauté, que dans ce qui eft précifé-
„ment du corps.   De même la Ville de Vienne, en-
„vironnée de murailles, de baftions, de foffez, de con-
„trefcarpes, n'a pas l'agrément de ces Villes, dont les
„avenuës charment par la varieté des Jardins, des Mai-
„fons de plaifance, & des autres ornements exterieurs,
„qui font les fruits de l'entiere fecurité, que porte la
„Paix avec foi."

Cette Remarque, très-jufte en 1704. ne l'eft plus
tant aujourd'huy.** Je laiffe aux Voyagiftes le foin de
peindre les beautés exterieures de cette Capitale.   Des
Architéctes, de France & d'Italie, ont eu la gloire
d'y élever des Bâtiments & des Edifices, dignes d'être
admi-

---

* Remarq. hiftor. & critiq. faites dans un voyage d'Italie
en Hollande en 1704. &c. &c. T. I. p. 91. L'Auteur auroit dû comparer Vienne à la guerriere Pallas, toute cou-
verte d'armes deffenfives.
* On écrit ceci en 1754.

admirés par tous les *Vitruves* de l'Europe : Mais ba-
gatelle que tout cela, au prix du Spéctacle, dont je vais
parler. Je n'en parlerois point, sur mon goût particulier, si des Marquis italiens, des Lords anglois, des Com-
tes françois & allemands, qui venoient de faire le
grand tour du Monde, n'euslent été les premiers à de-
cider, que ce n'étoit qu'à Vienne, qu'on voyoit le Spéctacle le plus superbe de l'Univers. En voici un
Esquisse.

LE SPECTACLE
LE PLUS BEAU DE LA TERRE,

A

VIENNE

Tu vis, ô Cynéas ! un beau Spéctacle à Rome :
    Tu vis tout un Sénat de Rois,
    Et tu rendis, en vaillant homme,
Justice à ces Héros, Deffenseurs de leurs Droits.
Un Spéctacle, plus doux & plus superbe encore,
    Frappe ici nos yeux enchantés :
    Un Monde de Divinités,
    Qu'on ne voit point, qu'on ne l'adore.
    Cynéas ! tes Romains, Maîtres de l'Univers,
Ici, que seroient-ils ? Esclaves dans les fers.

Je proteste, sur tout ce que l'homme d'honneur à
de plus sacré sur la terre, que l'auteur de ces vers,
spectateur triennal de l'auguste Spéctacle en question,
n'est pas tombé dans l'Hyperbole. Le nombre des
Belles, à la Cour, dans la Ville & autour de la Ville de
Vienne, est si prodigieux, que cela passe l'imagination
des Poëtes mêmes. Quand on n'aimeroit point le Théâ-
tre : à Vienne on ne sçauroit s'empecher de le frequen-
                ter.

ter. Partout ailleurs les Coquines des Comédiennes
effacent les Spectatrices. A Vienne, c'est tout le contraire. Les Dames du premier rang, *assises dans le
Parterre*, ou placées en des Loges, (sans aucun secours
de l'art, souvent dans un certain *Négligé* même) s'attirent tous les regards. Elles rendent les Actrices fri-
sées, poudrées, fardées, macquignonnées, (malgré les Prés-
tiges du Théatre bien illuminé) presque laides & de-
goutantes. A Vienne, les Princesses théatrales, sur cet
article, sont réellement à plaindre. Les Danseuses, ont
du bonheur, & ne manquent point de s'attirer les regards du Public. Le Port, les Gestes, les Bras, les Jam-
bes & les Pieds, l'emportent naturellement sur les Charmes des Femmes, tranquilement assises. On pardonne
à une excellente Danseuse le malheur de n'avoir point
un beau visage. Quel vieux *Misogyne* ne perdroit pas
son aversion criminelle, en voyant une *Herodiade* ou
Herodias, aussi belle qu'admirable danseuse; mais qui
loin de demander la tête de quelque homme de bien,
pour prix de sa Danse, ne demande qu'une juste approbation? Un Vieillard équitable, voyant au Théatre
françois de Vienne, danser une Herodiade pareille, Femme d'esprit & de merite, Femme d'une conduite toujours irréprochable, lui rendit justice, dans le suivant
morceau:

LA FUITE

DE

TERPSICHORE.

Quoique Fille du Ciel, Terpsichore étoit lasse
D'être fille, bornée à danser au Parnasse.
Sans prendre congé d'Apollon,
Sans embrasser les Sœurs, cette Muse rapide
S'ésquiva du sacré Vallon,
En Nonain, qui s'enfuit d'un Cloitre trop rigide.

Apollon

> Apollon fut au déſeſpoir
> De cette perte douloureuſe,
> Qu'Apollon auroit dû prévoir,
> La Belle étant fille & Danſeuſe;
> Son Talent l'invitoit à goûter la douceur
> De faire *un Pas de deux*, avec un bon Danſeur.

> Dieu des Beaux-Arts & des Etudes!
> Si la Danſe oſa t'échapper:
> Avec ſes Sœurs, avec huit Prudes,
> Il reſte de quoi t'occuper.
> Souffre que la Fuyarde enchante
> La plus auguſte de nos Cours:
> Nous voyons, en voyant cette Muſe brillante,
> Les Graces & les Jeux, les Ris & les Amours.
> Sous le nom de *Joffroi*, * Terpſichore au Théatre,
> A les piés de Camille & l'air de Cléopatre;
> Et joignant à ſon Art le Goût & la Vigueur,
> Son Corps parle à nos yeux le Langage du cœur.
> Pour ne le point ſentir, pour ne point y répondre,
> C'eſt peu d'être Hippolyte, il faut être hypocondre;
> Il faudroit être un Saint, &, pour ne point mentir,
> Loin d'être un Saint vivant, je ne ſuis qu'un Martir!

Le même Vieillard, Chantre de Terpſichore, pour aſſiſter à un Bal maſqué à la Cour, ſe maſqua en Magicien. Ce Maſque lui valut l'approche d'une aimable Egyptienne, qui lui dit la bonne Avanture, à condition, qu'à ſon tour le Magicien lui devoileroit l'avenir. L'Egyptienne joua divinement ſon rôle encore, lorſqu'un Sultan vint l'enlever, pour danſer des Contredanſes. Le Magicien, n'étant rien moins que Sorcier de profeſſion, ne decouvrit qu'au bout de quelques jours, quelle Egyptienne l'avoit honoré de la bonne Avanture. Elle trouva le lendemain ſur ſa toilette:

PREDIC-

---

* *Louiſe Joffroi*, native des Païs-bas, & mariée à un excellent Danſeur, nommé *Bodin*.

PRÉDICTIONS
A
LA BELLE EGYPTIENNE.

Ce n'eſt point l'aveugle Fortune,
   C'eſt encor moins l'aveugle Amour :
C'eſt l'aveugle Thémis, dont la voix importune
   M'appelle à cette auguſte Cour.
   J'y dois, quoiqu' animal myope,
   D'un Frére, aveugle & miſantrope
   Eclaircir les droits obſcurcis :
   Dites moi, divine Egyptienne !
Si je porte en mes mains quelques ſignes précis
   D'un Plaideur trïomphant à Vienne ?

   Sans être Aſtrologue ou Dévin,
Je vous prédis par tout des Victoires complettes ;
   Et vous ferez tant de Conquêtes,
   Que vous ferez conquiſe enfin.
L'Amour, qui de cent cœurs vous rend la Souveraine,
   Bien ſûr de trïompher de vous,
Au Temple de l'Hymen, vous prépare une chaine,
   Vous aurez un Vainqueur, ſous le titre d'Epoux.

   Oui, Belle ! à la fleur de votre âge,
Vous perdrez votre Nom & votre Liberté ;
   Vous perdrez même davantage,
   Mais rien ne ſera regretté.
   Pour vous, cette bonne Avanture
   Eſt toute ſimple, & non obſcure,
   Chacun la lit en vos beaux yeux.
Cependant . . . . c'eſt le Sort des Humains déplorables :
   Pour rendre un ſeul Mortel heureux,
Vous rendrez ſes Rivaux à jamais miſérables ;

Je

Je prédis ce grand jour, en Philofophe altier,
Et j'imite, en fecret, le Chien du Jardinier. *

Pour changer de matiére ou de difcours, on dit entre amis communément : *Parlons de boire.*   Je crois,
là deffus, qu'un Babiolifte en ofe dire autant à fes Lecteurs.   Parlons ainfi d'une Satyre innocente & bien
fondée, faite en Hongrie, contre toutes les grandes Villes, où les Voyageurs ne trouvent, dans les Auberges,
que des Vins frélatés.   Sans autre préambule, voici la

SATYRE.

— — — Scelus eft jugulare Falernum,
Et dare Campano toxica fæva mero.
Mart.

La Raifon m'invite à médire,
A lâcher même une Satyre,
   Au fujet des Vins frélatés.
C'eft un devoir; & je m'affûre,
   Que dans l'Olimpe, au fin Mercure,
    Bachus dit bien fes verités.

Il eft vrai, le Dieu de la Guerre
Depeuple trop fouvent la Terre,
   Mais enfin il lui rend la Paix.
Du Frélateur, Démon avare,
Envers les deux Sexes barbare,
   La Guerre ne finit jamais.

Quoique les Vents & l'Infortune,
Dans les Domaines de Neptune,
   Pavent les fonds de corps humains :
Les ondes font moins dévorantes,
   Que tant de liqueurs atterrantes,
   Qui portent les noms de nos Vins.

* Voyez de ces Babioles la p. 54. du T. II.

Tome III.   I   Tout

Tout Prince eſt fier de ſa Juſtice,
Tout Prince eſt fier de ſa Police,
   Ils aiment tous leurs bons Sujets.
Parcourrez cependant l'Europe,
Et vous deviendrez miſantrope,
   En bûvant dans les Cabarets.

Chez les Piſons, chez les Luculles,
Si dans leurs Fêtes ridicules,
   Les Vins exquis ſont prophanés :
Les Etrangers, en leurs voyages,
Réduits à boire des breuvages,
   Sont des Socrates condamnés.

La Cigüe emporta Socrate :
Le Vin, qu'un Impoſteur frélate,
   Eſt un poiſon ſecret & lent.
Au poids de l'Or, encor j'achette,
De mon bourreau, la mort honnéte,
   Qu'il me vend en fourbe inſolent.

Heureux Hongrois ! à votre gloire,
Sous votre Ciel, faites moi boire
   Le premier jus de vos raiſins.
Ainſi que votre Souveraine,
Des Reines mêmes eſt la Reine,
   Votre Vin eſt le Roi des Vins.

Il faut dire ici une verité, à l'honneur de la Nation Hongroiſe : elle ne frélate point ſes Vins. On les achette même à grand marché. Mais ce n'eſt pas dans la petite Ville de *Tockai*, que l'Etranger, pour ſes bons Ducats, trouve du vieux vin de *Tockai* à boire. Ce Néctar ne vieillit point dans les caves des Marchands ou des Aubergiſtes.

Qu'on me pardonne cette obſervation, échappée à mon ὀινοφλυγία, indiſpoſition anacréontique. Elle

m'arrache

m'arrache fouvent la priére éjaculatoire de *Martial:*
fit mihi fana fitis !

En revenche je préfenterai une Piéce fi galante,
qu'elle donnera du relief naturellement à cette Babiole.

MEDITATION

SUR

LES AMOURS DE NINON DE L'ENCLOS

ET

DE L'ABBE' GEDOYN.

A

Me. la Marquife de ***

Quand Ninon de l'Enclos fit, à quatre vingt ans,
Le bonheur de Gedoyn, le plus fier des Amants,
Avec tous les Amours, Venus chanta Victoire.
En effet quel Honneur, Sexe aimable, pour toi!
Et pour les Hommes, quelle Gloire!
Je n'en demande, Amour! que la moitié pour moi.

Pour rendre la chofe plus touchante, remarquons
que l'Auteur du Sizain, fans faire femblant de rien,
préfenta fa *Meditation* à la Marquife, le jour de fa naif-
fance, précifément le jour que la Dame avoit quarante
ans accomplis. Elle s'apperçut de la malice, & s'en
feroit fachée, fi elle eût pû s'empêcher d'en rire.

Mon portefeuille me fournit maintenant un Morceau, fi cauftique à mon fens, que je le fupprimerois
fans mifericorde, fi je n'étois l'ennemi juré & irrécon-
ciliable de l'exécrable Infomnie. Il faut enfin que je
me venge de cette quatriéme Furie, en publiant contre
elle une Satyre, dont la fin fait l'Eloge d'un Sommeil
trompeur, mais gracieux.

I 2

L E

LE
TRIOMPHE DU SOMMEIL.

L'Amant de Bethféba, le Vainqueur d'un Géant,
    Ce Roi - Berger, Guerrier-Prophête,
Ce grand Jouëur de Harpe & fublime Poëte,
    Ce Pére infortuné de plus d'un lâche Enfant;
David, enfin David, ce beau, ce grand Génie,
    Qui fut fans doute Franc - Maçon, *
En fon Serrail choifi, maudiffoit l'Infomnie,
    Cet Etre déftruĉteur de la foible Raifon.

    Faut - il donc, qu'en Poiffon ftoïque,
    Muët, battu par mille flots,
Sans crïer, je rénonce au bras foporifique
    Du Diftillateur des pavots?

    Quand mille Midas infipides,
    Quand mille Bufles gros & gras,
Seroient autant d'Epiménides,
    Si l'on ne les éveilloit pas:
Pourquoi, fans fermer les paupiéres,
Dois - je baîller des nuits entiéres,
    En prife au plus cruel ennui?
Parle Infomnie! eft ce ta haine,
Qui me fait veiller en Mecéne,
    Sans autre rapport avec lui?

    Monftre, jadis Hérmaphrodite!
L'ufage fixe envain ton fexe parmi nous,
Ne crois pas que j'épargne, en mon jufte courroux,
    Une Femelle affez maudite,
Pour me caufer le Mal que je dois definir:
    Une Impuiffance de dormir.
    Malgré l'authorité d'Homére,
Le Sommeil de la Mort ne fut jamais le Frére;

Homére,

* C'eft ce que des Francs - Maçons foutiennent, fur ce que
David s'eft marié *par trois fois trois fois.*

Homére, qui fouvent s'endormoit, avoit tort.
Le Sommeil eſt plus tôt le Pére de la Vie,
  Tandis qu'une longue Infomnie
 Doit enfin devenir la Mére de la Mort.
Pour meriter le Ciel, à force de fouffrance,
 Des Saints, non trop fenfés, s'interdifoient jadis
La douceur de dormir, dans l'étrange créance,
 Qu'un Vainqueur du Sommeil va droit en Paradis.
Veillez, ô Saints futurs! fi jamais on publie
Vos Sermons, quel fecours contre mon Infomnie!

 Ce n'eſt point toutefois que je veuille égaler
   La Léthargie ou la Pareſſe
 D'un Epoux aſſoupi, qui ne fait que ronfler,
   En animal couvert de graiſſe.
   Je fuis maigre & je fuis difpos;
   Je ne défire le répos,
Qu'en Mortel amoureux de fon Devoir fuprême.
   Ce n'eſt pas le Dormir que j'aime,
   J'aime en lui le Réſtaurateur
   Des forces, qui font mon Bonheur.
Prodigue quelquefois, quelquefois économe,
 Selon l'objet, le tems & la commodité,
Je voudrois dépenfer, en digne, en galant homme,
   Les revenus de ma Santé.

Mais que fens-je? ô Sommeil! tu chaſſes l'Infomnie,
 Etendez-vous mes bras, & fermez-vous mes yeux!
Morphée eſt mon Mercure! il m'améne Silvie!
 Silvie!...Ah!...Ciel!...quoi!...vous!..enfin!...
    foyons heureux!

J'ai fait des Récherches inutiles, pour découvrir
l'habile Auteur d'un Ouvrage de confequence intitulé:
l'Art de fe rendre heureux en Songes: Mais les
Guerres éternelles, qui défolent l'Europe, & ont tant
d'influence fur la République des Lettres, n'ont pas voulu m'accorder la confolation de decouvrir cet Ecrivain.

I 3

Sans

Sans quoi je n'aurois pas manqué de le consulter sur les derniers vers de ce Triomphe. Je me borne donc à souhaitter, qu'il n'endorme point ses Lecteurs.

Je finirai ce Volume, par un Dizain impromtu, dans une partie de plaisir, éclos à l'honneur de la Ville fortunée, où, dans le sein de l'abondance, les Habitants jouïssent de toutes les douceurs de la Paix & de la Liberté. Les Vers, qu'on va lire, nâquirent à un Soupé delicieux, dans une Barque bien illuminée, & flottante sur ce Bassin superbe, que *l'Alstre* forme, dans les mûrs de *la Tyr Germanique*.

A
L'ALSTRE.

Que la superbe Thamise
     Etale un Monde à nos yeux:
Que le Golphe de Vénise
     Offre un Chef d'oeuvre des Dieux:
Qu'à son tour l'aimable Seine,
Des Cités montrant la Reine,
     Vante ses Jeux & ses Ris:
Sur tes bords, Alstre chérie!
Je vois, suis-je avec Silvie,
     Londres, Vénise & Paris.-

TABLE
DES
BABIOLES.

FAUTES

FAUTES A CORRIGER

DANS

LE SECOND TOME.

Page 7. ligne 4. effacez *Alterent*, mettez *Atterrent*.

P. 7. l. 5. au lieu de *Songer*, mettez *Songez*.

P. 7. l. 8. à la place *des*, simplement *de*.

P. 58. l. 19. au lieu de *disent*, mettez *dissent*.

P. 60. l. 31. au mot *terme* ajoutez *favori*.

P. 80. l. 2. effacez le *de*.

P. 80. l. 11. après *je ne fais*, ajoutez *pas*.

P. 102. l. 4. otez à *l'Epitaphe* la Lettre penultieme.

P. 105. l. 15. au lieu de *Poitu* mettez *Poitou*.

P. 114. l. 19. au lieu de *controuvés*, mettez *controuvées*.

P. 146. l. 6. au lieu de *le* mettez *les*.

www.ingramcontent.com/pod-product-compliance
Ingram Content Group UK Ltd.
Pitfield, Milton Keynes, MK11 3LW, UK
UKHW031849170726
13836UKWH00004B/1982